暁の魔術師は月に酔う

イラスト：成瀬山吹

月の章

秘めし想い

「……っふ、う……ん」

ルネはこぼれそうになる嬌声（きょうせい）を必死に呑（の）み込んだ。背後から腰を打ちつけ、ルネの身体（からだ）を揺さぶるのは、彼女の師であり、宮廷で主席魔術師の名を戴（いただ）いている男――ヴィルジール。

魔術師であることを示す深い藍色のローブの前をすこしはだけさせただけで、うしろからルネの身体を貫いている。ルネの夜色の髪とは対照的に、ヴィルジールの髪は太陽のごとき金で、すこしうなじにかかるくらい。その髪もしっとりと汗をかいた肌に張りついている。

ルネもまたヴィルジールと同じ藍色のローブを身にまとったままの姿で、床に届くか届かないかの長さの裾をたくし上げられ、ヴィルジールの昂（たか）ぶりを受け入れていた。

ルネの身体は中庭に面する窓に押しつけられていた。彼女がしがみついているカーテンは重厚なアルバス織で、少々の声ならば外に逃すことはない。

節くれだった男らしい手がルネの腰をローブごと両手で鷲掴（わしづか）みにし、大きく引き抜いた剛直を再び侵入させた。

「んぅ……」

彼女は内部を押し開かれる衝撃をこらえきれずに、必死に食いしばった唇からかすかな声を漏らした。

「ルネ……」

ヴィルジールの熱い吐息がルネの耳元をくすぐる。彼女の耳に彼の低くかすれた声が届いた。その途端、お腹の奥の方がきゅっと疼(うず)き、彼の分身を締めつけたのが自分でもわかった。

「もうすこし……、耐えよ」

「は……い……っ」

すこし苦しげなヴィルジールの声に、ルネはあふれそうになる涙をこらえた。月を写し取ったかのような金色の目を細めて、ルネは宙に視線をさまよわせる。

(ヴィ師匠、ごめんなさい)

師匠に望まぬ行為を強いている自分に嫌悪を覚えつつも、ルネの身体はこの行為によってもたらされる快楽を甘受していた。

(でも……すき)

この気持ちを彼が知ってしまえば、きっと彼はこの行為——粘膜摂取による魔力の譲渡——をやめてしまうだろう。ルネが彼に抱かれるのは魔力を抑えるためだ。強すぎるルネの魔力にヴィルジールの魔力を注ぎ込むことによって、ルネが使う魔術の威力を三割程度に抑えることができる。そのためにもっとも効率のよい方法というのが、性行為だったのだ。

強すぎる力をもてあましていたルネに、師匠であるヴィルジールが気の進まない様子でこの方法を提案して以来、週に一度の頻度でルネは彼に抱かれるようになった。

ルネにとっては愛しい人に身体だけでも触れられる瞬間ではあるが、ヴィルジールにとってはただの医療行為であり、師として必要なことをしているに過ぎないのだ。

ヴィルジールに身勝手な恋心を押しつけて、これ以上、彼に負担を強いるわけにはいかない。だから、自分のこの想いは決して彼に知られてはならない。

ふ、と一つため息をこぼして、はじけそうになる快楽の波をやり過ごす。

彼女の長くまっすぐな髪は肩のあたりで二つに分けられ、前側に無造作に落とされている。

あらわになった彼女の白いうなじを、ヴィルジールがそっと食(は)んだ。

「……ぁ」

ルネは大きく身体をわななかせた。

「っふ、あぁ……」

全身に震えが走り、湧き起こった快楽の波が、背筋を駆け抜けていく。ルネは背中を反らせ、襲い来る絶頂に身をゆだねた。

ルネがヴィルジールと出会ったのは、彼女が王立学院の魔術課程を修め、魔術師となれるかどうかという瀬戸際だった。

魔術師として認められるためには、魔術師の弟子となることが必須条件とされている。その出自ゆえに、うしろ盾を持たぬルネの師となってもよいという人物はなかなか現れなかった。

「そなたがルネ……か」

魔術師であることを示す藍色のローブを身にまとい、ルネの前に現れたのは恐ろしく整った容貌の青年だった。

光をはらんだ艶やかな金髪に、暁のような青色とも赤色ともつかぬ不思議な色合いの瞳を持つ青年は、これまでルネが見たことがないほど美しかった。すこし不機嫌そうに細められた目と、寄せられた眉根も、彼の美貌をいささかも損なってはいなかった。低い声は耳に心地よく響き、もっと聞いていたくなるほどだ。

「……はい」

一瞬、彼の美しい顔に見入っていたルネは、すぐさま我に返った。慌てて左手を胸の前に上げ、その手のひらに右手で作った拳を合わせ、魔術師のあいだで交わされる敬礼をする。

「ふむ」

青年は感嘆を含んだような声を漏らすと、ルネと同様に礼を執った。

「ヴィルジールだ」

そう名乗ると、突如としてルネの目の前に歩み寄った。あまりに近い距離に、思わずルネはうしろへ下がろうとしたが、長く力強い指に顎先を捕らえられ叶わない。

ルネの顎を捕らえたまま、ヴィルジールは彼女の瞳を覗き込んでくる。

(瞳の中で炎が踊っているみたい……)

彼の意図はどのようなところにあるのか、どうしてこのような事態になっているのか、ルネにはさっぱりわからない。ただ、ヴィルジールの暁色の瞳に映る魔力の流れが美しく、目をそらすことができない。

ルネは耳の中で、うるさいほど鼓動が鳴り響いているのをぼんやりと感じていた。気づけば唇が触れそうなほど、彼の顔が近づいている。

(えっと……、どうしよ?)

本音を言えば、今すぐうしろに飛びすさって彼から距離を取りたかった。けれども、これが師を得るために必要なことかもしれないと思い直す。ルネは震える身体を自制心で抑えつけて、彼の瞳を挑戦的に見つめ返した。

「なかなか強い意志を持っている目だ。よろしい」

ゆっくりと彼の唇が弧を描き、笑みを形作る。ヴィルジールは顎を捕らえていた指を離すと、すこしだけうしろへ下がった。

「はい？」

目上の人に対する礼儀も忘れ、ルネは思わず問い返していた。

「合格だと言ったのだ。そなたは今日から私の弟子だ」

「えぇぇ？」

ルネは思わずここが学院の応接室であることも忘れ、間抜けな声を漏らした。

彼女はこれまで何度も師を求めたが、ことごとく断られ、こうして面談にまで至ったのはヴィルジールが初めてだった。自分のような平民の師となったところで、たいした利益もなければ、彼の役に立つとも思えなかった。それでも魔術師となることを諦めきれなかったルネは、万に一つの可能性にかけ、今日の面談に臨んでいた。

そうして思いがけず得られた許諾の言葉に、ルネは自分の耳が信じられず、間抜けな声を上げるという失態に至ったのだった。

「なんという声を出すのだ。学院で礼儀を学ばなかったのか？」

「もっ、申し訳ございません」

不愉快そうに眉根を寄せるヴィルジールに、ルネは慌てて頭を下げて謝罪の意を示す。

「ふむ。まあよい。そのうち嫌でも学ぶことになる。私のことはヴィと呼ぶように」

ヴィルジールは満足そうに笑みを浮かべると、顎に指を当ててルネの顔を見つめた。

「ヴィ……師匠？」

「うむ」

ルネに師を得たという実感が湧かず、何度も問いかける。

「ヴィ師匠！」

「だから、なんだ？」

ヴィルジールは律儀にルネの呼びかけに答えてくれる。ルネの心は喜びで完全に舞い上がっていた。

（私が！　こんな私が！　本当に魔術師になれるんだ‼）

「ヴィ師匠‼　一生あなたについていきます！」

「一生はよせ！」

飛びつかんばかりになっているルネの様子に、ヴィルジールは苦笑を漏らす。

「はい！　ヴィ師匠！」

そうして、子が親鳥に懐くように、ルネはヴィルジールのあとをついて歩くようになったのだ。

不調の兆し

ルネがヴィルジールの弟子となって数年が過ぎた。

ヴィルジールのもとで魔術の研鑽（けんさん）を積む日々は、ルネにとってこの上なく幸せで充実していた。

学院にいたルネは師であるヴィルジールのことをほとんど知らなかったが、こうして彼の下で働いてみれば、どうやら彼は非常に優秀な魔術師であったらしいとわかった。

大地を潤し、恵みをもたらす魔力は、ときとして獣を変質させ、見境なく周囲に被害を及ぼす魔獣を生み出す。剣を手に魔獣を打ち倒そうと立ち上がった騎士は、魔獣の魔力を含んだ攻撃の前にことごとく無力だった。魔獣の攻撃に唯一対抗できたのは、魔術師と呼ばれる存在だけだった。

この世に生きる者は皆、多少の差はあれど、魔力を持っている。火を起こしたり、わずかな水を集めたり、そよ風を起こしたりと、ほとんど魔術だと意識することなく、生活を便利にするための技として使われている。

しかし、人に危害を加える魔獣を退け、その存在を滅することができるほどの魔力を持って生まれる者はほんのわずかしかいない。魔力を研ぎ澄ませ、魔術と呼ばれる技術を身につけた、ほんの一握りの者だけが、いつしか魔術師と呼ばれるようになっていた。

やがて、魔力は血を媒介にして受け継がれるということが解明され、以来、権力者は魔力を持つ者を囲い込み、その血脈に取り込んできた。その結果、魔術師と呼ばれるほどの魔力を持つ者が、支配者階級にしか生まれなくなっていったのは必然だったのだろう。だが、稀に支配者階級――つまり貴族ではない血脈にも強い魔力を持つ者が生まれることがある。ルネはその数少ない平民の中に生まれたひとりだった。

ルネの住まうバルト王国も近隣の国々と同様に、魔術を礎として発展を遂げてきた。この大陸でも屈指の軍事力、経済力を誇っている。

そんなバルト王国において、王宮に勤めることのできる魔術師は、わずか百名ほど。その中でも、ヴィルジールはいずれ主席魔術師となるのではないかと目されている。

王宮に席を置くヴィルジールは多忙を極めていた。

彼の仕事は魔獣の被害が報告されれば騎士たちと共に赴き、それを退けること。魔術を研究し、有用な魔術を発見すること。魔力の流れが乱れた土地に赴き、魔力を調和させること。などなど、数え上げればきりがない。

そんなヴィルジールの教えを受けながら彼を支えるルネもまた、いつしか魔術師の中でもかなりの実力を持つようになっていた。

「ヴィ師匠、朝ですよ！　起きてください」

昨夜も遅くまで仕事に追われていたヴィルジールの寝起きは非常に悪い。

王宮の一角にある魔術師たちが住む棟の一室で、ルネは朝日を取り込もうと窓にかけられた分厚いアルバス織のカーテンを大きく開いた。

「ルネ……もうすこし」

眩(まぶ)しさに顔をしかめ、再び掛布の中に潜り込もうとするヴィルジールに、彼女は声を張り上げた。

「ダメですよ。今日はいろいろと予定が立て込んでいるんですから！」

「今日も、の間違いであろう？」

いくぶんくぐもった恨めしげな声が、掛布の中から上がる。

「はい！」

ルネはヴィルジールの抱え込んでいる掛布を掴むと、容赦なく引きはがした。

「はぁ……」

元気なルネの声に、むなしい抵抗と悟ったのか、ヴィルジールはもそもそと寝台から降りて身支度を整え始める。

居室から洗面所へ向かう師匠を横目に、ルネは上機嫌でクローゼットから大きなカバンを取り出した。

今日からルネとヴィルジールは、魔獣退治のためにアジエ地方へ遠征に行く予定となっている。午前中は同行する騎士団と打ち合わせを行い、午後からの出発だ。

取り出したカバンにヴィルジールの着替えや荷物を詰め込んでいく。数日分の荷物が準備できたところで、ルネは腰に下げていた小さな杖を手に取った。

荷物を圧縮し、その量を減らすために魔術を使うのだ。

魔術師は皆、杖を使う。それは大地を巡る魔力と、自らの内に宿る魔力をつなぐための触媒となる。更には、自身の生命力をも高めてくれる重要な道具だ。

杖を構え、意識を集中させて、自らの内から魔力を引き出していく。

魔術を使うには想像力が最も重要となる。想像し、魔力を込めることで魔術は発動する。ほとんどの場合では想像するだけで魔術は行使される。しかし、切迫した状況下においては、精神の集中力が乱され、明確に想像できない場合もあり、そういったときには想像力を補うものとして呪文を詠唱することもある。

ルネは魔術を発動させ、カバンに集めた魔力が満たされたという手応えをいつものように感じて魔力の注入をやめた。

「あれ……？」

次の瞬間、クラリと目の前が回った。足元がおぼつかず、ルネの身体はうしろに傾ぐ。

（あ、倒れる！）

倒れることがわかっていても、異様に身体が重く、身構えることもできない。痛みを覚悟して目を瞑ったが、いつまでたっても衝撃は訪れない。くらくらと回る目をなんとか開いてみれば、ヴィルジールの寝室の天井が映った。やはり目を開けているのがつらくて、ルネはすぐに目を閉じた。

「ルネ、大丈夫か？」

どうやら背中からヴィルジールに抱き込まれているようだ。たいした衝撃もなかったのは寝台の上に倒れ込んだかららしい。

耳元に吐息を感じて、不可解な熱がルネの背筋を駆け上がっていく。

「あ、の、……めまいが……して」

「ああ、そのようだ。寝台の上に身体を移すぞ」

ヴィルジールはゆっくりとルネの身体を起こしつつ、寝台の上に横たえさせた。

「すこし身体に触れる。動くなよ」

冷静なヴィルジールの声がして、なにをするのだろうと疑問が湧く。けれど、やはり目を開けることができなくて、かすかにうなずいて応える。

ヴィルジールの指が喉元で動く気配がして、ローブがすこしはだけさせられた。ひんやりと冷たい指先が首筋に触れ、ルネは身体をびくりと震わせた。

しばらくルネの首筋に手を当てていたヴィルジールは、舌打ちと共に手を離した。

「ヴィ師匠、……あの」

「そなた、最近魔力が急に増えただろう？」

ヴィルジールは不機嫌な様子で、ルネの言葉をさえぎった。ぶっきらぼうな口調とは裏腹に、優しい手がそっとルネの額に乗せられる。

「あー、はい。そうかもしれません」

「お前の身体に蓄えられている魔力が濃すぎる。酒に酔ったような感じではないかと思うが
……？」

額に当てられたヴィルジールの手の冷たさに、うっとりと浸っていたルネはゆっくりと目を開いた。

「どうでしょう？　お酒を飲んだことがないのでなんとも言えないのですが、そうなのかもしれま

せん。なんだかクラクラしますし、ちょっと熱いような……」

　ぼんやりとかすむ視界にヴィルジールの暁色の瞳を捉えて、ルネはじっと見つめた。不機嫌そうな声をしていても、師の目は心配げに細められている。

「ふむ。魔力の成長期には稀にあることだ。そなたの魔力の成長速度に魔力の器が追いついていないのだろう。とりあえず、症状を軽くすることはできるが……、どうする？」

「どうして聞くんですか？　そんなに難しいことなのですか？」

「簡単といえば簡単なのだが……」

　いつも歯切れのいいヴィルジールが言いよどむのは珍しい。

（きっと対処法に、なにか問題があるんだろう。……でも、こんな体調じゃ、師匠のお手伝いなんてできないし……）

「ヴィ師匠、お願いします」

「……よかろう。苦情は受け付けぬからな」

　あ、と思った瞬間、暁色の瞳が目前に迫り、唇に柔らかな感触が触れた。

「えぇ!?」

　驚きにルネが声を上げた瞬間、ぬるりと柔らかな感触が唇を割って口内に侵入する。

（ちょっと!?　なんなの？　どうなってるの？）

　ルネは完全に恐慌状態に陥っていた。縮こまったルネの舌を、ヴィルジールの舌が誘うようにゆっくりとなぞる。

「ん……」

息苦しさに思わず師を睨むと、彼もまたルネの瞳をじっと睨むように見つめていた。

(これってキス……だよね。どうして……？)

口を閉じてしまえばよいのだろうが、それでは師を傷つけてしまうだろう。恐慌の中でもかすかに残った理性が、口を閉じることをためらわせた。

「っや、……く、るし……」

まともに息ができない。ルネは大きく口を開いた。その瞬間を狙い澄ましていたかのように、ヴィルジールは噛みつくように口づけを深めた。

(あ……、や……だ……)

ヴィルジールのねっとりと絡みつくような舌の動きに翻弄され、ルネは思考する能力を放棄した。強張っていたルネの身体から力が抜けたことを感じ取ったヴィルジールは、自らの唾液をルネの口へ注ぎ込む。

「んんーーー！」

ルネは口内にあふれた唾液を思わず飲み込んだ。かっと胃の奥に熱を感じ、生まれた熱が全身を駆け巡る。じわじわと指先まで熱が行きわたり、まるで温かな湯に浸かっているような感覚に包まれる。ルネはそのぬくもりに身をゆだねた。

そのあいだもヴィルジールの蹂躙は止まらなかった。ゆるゆると彼が舌を動かすたびに、燃え上がるような熱がお腹の奥底で生まれていくような気がする。

再び口内に溜まった唾液を嚥下したルネは、ようやく師匠の顔が離れていく様子をぼんやりと見つめた。

（えっと……、もしかしてこれが治療だった……ってこと？）

「どうだ、楽になったろう？」

自身の唾液にまみれ、ぬらりと光る口元を手で拭いながら、ヴィルジールは立ち上がる。その姿をまともに目にしたルネの心臓はドクリと大きな鼓動を刻んだ。

ルネの頭の中は混乱と羞恥にさいなまれていた。どうしていいのかわからず、この場を逃げ出したい衝動に駆られる。ルネは自身でも驚くほどの敏捷さで身体を起こした。

「え……、あれ？」

さきほどまで自身をさいなんでいためまいと不調がさっぱりと消え去っていた。ぱちぱちと目をしばたいてみれば、先ほどまでのぼんやりとしていた視界も良好になっている。

逃げ出そうとしていたことも忘れ、茫然とつぶやく。

「どーして？」

「ばか者め」

あきれたような師の声が降ってきた。

「そなたの魔力の成長速度に魔力の器の成長が追いついていないといっただろう？　そのために、身体は防御本能で魔力を圧縮し、濃度を上げることで、その身のうちに魔力をとどめているのだ。魔力の濃さに身体が慣れるまではこの状態がしばしば起こるようだ。いつも通り魔術を使うには魔力を薄めてやらねばならぬのはわかるな？」

ヴィルジールの問いかけにルネはコクコクとうなずく。

「そなたの身体は濃度が高いままに魔力を操ることに慣れておらぬ。ならばそなたに私の魔力を取り込ませ、私がそなたの魔力を操って薄めてやれば、扱いやすくなるとは思わぬか？」

ふう、と大きなため息と共にヴィルジールに告げられ、ルネは彼の行動の意味を理解した。

「なるほど。魔力の受け渡しには粘膜摂取が一番効率がいいですからね。師匠の魔力で濃度が下がった状態なら、私でも簡単に扱えますね。流石は師匠！」

先ほどまでの羞恥と混乱を忘れ、すっかり新たな魔力の知識に夢中になって、ふんふんとうなずくルネを、ヴィルジールはあきれ顔で見つめている。

「納得したのならさっさとその場所をどけ」

「あ！　失礼しました！」

荷造りや遠征の準備はいまだ終わっていない。ルネは慌てて寝台を降りる。

「ルネ、わかっていると思うが、この方法は一時的な改善しか見込めぬ。もしまた症状が現れた場合は、すぐに言いなさい」

「はい、ヴィ師匠！　では、私は食事の準備を手伝ってきますね！」

ルネは先ほどまでの不調が嘘のように、元気よくヴィルジールの部屋を飛び出していく。

「本当にわかっているのか？　いつか唾液では対処できなくなるのだぞ……」

ヴィルジールの悩ましげなつぶやきがルネに届くことはなかった。

魔術師のあいだでは広く知られていることだが、魔力を持つ者の体液には魔力が宿っている。研究により、唾液や涙のような体液よりも、精液や愛液のような生殖活動にかかわる体液のほうが魔力濃度の高いことがわかっていた。ルネの不調がこれ以上進行するようであれば、より濃度の高い体液が必要となる。ヴィルジールはそれを懸念していたのだった。

ルネとヴィルジールは食堂で朝食を済ませると、遠征に同行する騎士団と打ち合せを行うべく、王宮に詰める騎士たちの拠点である騎士棟に足を向けた。

「魔術師ヴィルジールと補佐のルネです。ジスラン副団長とお約束があるので、取り次ぎをお願いします」

「はっ！　うかがっております」

ルネが入り口の門衛に来訪の目的を告げると、すぐに下級騎士と思われる青年がふたりを出迎えた。

「広間へご案内いたします」

騎士の先導でルネとヴィルジールは騎士棟の門をくぐる。

ふたりは魔術師を示す藍色のローブを共に着ている。同じ藍色のローブだが、ヴィルジールのそれには襟や袖口に銀糸で刺繍が施されており、地位の違いが見て取れるようになっている。

先を行く騎士はバリエ騎士団の象徴である青いマントを身にまとっていた。

バルト王国には王都の名バリエを戴くバリエ騎士団と、東西南北に分かれて国境を守護する辺境騎士団が存在する。

バリエ騎士団は王と王に仕える貴族たちから構成されており、ほとんどが平民から構成される辺境騎士団とは性質を異にしている。国境の守護を主な任務とする辺境騎士団とは異なり、バリエ騎士団は王都の治安維持を主とし、必要に応じて魔獣退治や、災害の救助を行っている。今回、ルネたちと共にアジエ地方へ向かうのはバリエ騎士団である。

「魔術師が到着されました」

大きな扉の前で騎士が声を上げると、扉が内側から開かれる。

広間の中心に置かれた大きな円卓の上には、何枚かの地図が広げられ、その向こう側には青いマントを身に着けた騎士たちが立っている。どうやらふたりの到着を待ちかねていたようだった。

「魔術師のヴィルジールだ」

「同じく魔術師のルネです」

ふたりが名乗りを上げると、一団の中でもひときわ背の高い男性が前に進み出る。

「バリエ騎士団副団長を拝命しているジスランだ」

ジスランは右手で作った拳を左胸に当てて、騎士たち独特の敬礼をして見せる。ルネとヴィルジールもまた、魔術師の敬礼を返した。

端整な美貌のヴィルジールとは違い、ジスランはいかにも騎士らしく、雄々しい容貌をしている。

短く整えられた黒髪は艶やかで、鮮やかな青色の瞳は宵の空を思わせた。

副団長という責任ある地位を拝命するには少々若いような気もするが、実力だけでなく家柄も考慮された結果なのだろう。

ルネたちをじっと観察していた様子のジスランは、ふ、と口元を緩めると腕を伸ばして円卓の前にふたりを導いた。

一同はそろって円卓に広げられた地図を覗き込む。

「早速だが本題に移る。魔獣の被害が報告されたのはアジエ地方のこの場所だ」

ジスランが地図のある場所を指さし、皆の視線が一点に集中した。

アジエ地方には湖が多く点在し、風光明媚（ふうこうめいび）な景色は多くの人を引きつけている。王国でも北の方に位置するこの場所は、避暑地としても名高い。初夏に差しかかろうというこの季節には、さわやかな風が吹き、休暇を過ごすにはもってこいの場所だ。春に萌え出でた植物が、いっそうの成長を遂げる時期であると同時に、春先の繁殖期で生まれた獣たちが巣立ちを迎えるときでもある。そして、増えた獣が魔獣と化し、魔獣の被害が増え始めるのだ。

「自分たちの手には負えないと判断したパイユ村に駐留する辺境騎士団から救援の要請だ。少なくとも三体の魔獣が目撃されている」

「ああ、パイユ村か……」

地図を眺めていたヴィルジールがぽつりとつぶやいた。

「訪れたことが？」

ジスランの問いかけに、ヴィルジールが鷹揚（おうよう）にうなずく。

「あまり魔獣の数が多くないようであれば、少人数で向かった方が短期で決着がつく。魔道門（ゲート）が使えるからな」

遠く離れた距離を一瞬にしてつなぎ、移動を可能とする魔術は魔道門（ゲート）と呼ばれている。術者の技量にも左右されるが、一度に五人から十人ほどの人間を移動させることが可能だ。ルネとヴィルジールの魔力であれば、荷物を含めても二十人は運べるだろう。

便利な魔術ではあるが、術者が訪れたことのある場所でなければ移動できないのが欠点の一つだった。けれど、それよりも更に大きな欠点が存在する。それは魔道門（ゲート）で転移した者の魔力の流れが非常に乱れてしまい、しばらくのあいだは魔力がほとんど使えなくなることにあった。

大きな魔力を持ち、その制御に長けた魔術師ならばすぐに回復してしまう程度であっても、一般的な魔力しか持たない者では、乱れた魔力が生命力を低下させてしまう。ときには命の危険につながることさえあり、魔術師以外が魔道門（ゲート）を使うことは非常に稀なことであった。

幸いにして、ルネもヴィルジールも訪れたことのある場所である。また、騎士たちのように鍛錬を積んだ者であれば、多少の無理が利く。今回の任務では、魔獣のせん滅が優先されるため、魔道門（ゲート）の使用が許可された。

「ふうむ。報告によれば、目撃された魔獣は三体ほどと、さほど多くないようだ。これから繁殖期であることを考えると、魔獣の出現は増えるばかりだろう。早く片づけることができれば、それに越したことはない」

ジスランの言葉に、顎髭（あごひげ）を蓄えた壮年の男性がうなずいて同意する。

「とりあえず私の隊から五名を出しましょう。いかがでしょう？」

ジスランがうなずいて了承する。

「では、今回の遠征に同行することになる騎士を紹介いたします。ジュリアン、マルク、ノエル、グザヴィエ！」

名前を呼ばれた騎士たちはそろって一歩前に進み出ると、騎士の礼をして順に名乗っていく。

「ジュリアンです」

「マルクです」

綺麗にそろった動作に見とれつつ、ルネは魔術師の礼を返していく。騎士の中には女性騎士もいて、ルネは仲間を見つけたような気分で、こっそりと安堵の息をついた。

「そして私が隊長のランベールです。よろしくお願いします」

顎髭の騎士はにっこりと笑みを浮かべた。

遠征に必要な物資や人員を確認して、最終的な打ち合わせも終えると、ルネたちは昼食もそこそこに、パイユ村への魔道門を開くことになった。

五名の騎士とその従者たち、そしてヴィルジールとルネが騎士団の裏側にある演習場に集まる。

ヴィルジールと向かい合うようにルネがその前に立つ。その周囲を取り囲むように騎士と従者が並び、各々荷物や現地での移動手段となる馬を引き連れている。

「では、行くぞ」

「はい、ヴィ師匠」

つま先から肩ほどまでの長い杖を持ったヴィルジールは、杖を水平に構え、いつものように集中し始める。

　ルネもまた腰から手に取って小さな杖を目の前に掲げると、師匠に合わせて精神を研ぎ澄ませていく。ふわりとしたヴィルジールの魔力の流れを感じつつ、自らの魔力を重ね合わせる。魔道門(ゲート)の転移先を感覚の先に捉えて、パイユ村へ固定し、一気に魔力を流し込む。

「転移します！」

　ルネが声を発すると同時に、ルネとヴィルジールを中心にうっすらと光が広がっていく。やがて光は輝きを増し、騎士たちを包み込んだ瞬間、演習場から一気にパイユ村へ転移していた。

　次の瞬間にはアジエ地方独特のさわやかな風が皆を包み込んでいた。

「これが魔道門(ゲート)か……」

　同行する騎士や従者たちのあいだから、感嘆の声があちこちで上がる。

　騎士たちのあいだに多少の脱力感は見られるものの、任務に支障があるほどではなかった。

　馬たちも比較的落ち着いており、転移は滞りなく行われたようだ。

　初めて体感する魔術に、皆、興奮を隠せない様子でざわめき立っている。

　何事もなく転移できたことに、ルネはほっと安堵の息をこぼした。構えていた杖を腰に下げ、足元に転移されてきた荷物を手に取る。

　向かい合わせに立っていたヴィルジールは、構えていた大きな杖を体内に収めると、すでに目の前のパイユ村の門に向かって歩きだしている。

　魔力によって形作られている杖は、ヴィルジールほどの使い手になると、杖の出し入れまでも自在に操ることができる。

けれど、ルネのような中級程度の魔術師では、形ある杖の力を借りなければ魔力を自在に操ることができなかった。

ルネはヴィルジールのあとに続いた。

こぢんまりとした村の周囲には、腰の高さほどの石垣が張り巡らされている。似たような田舎風の建物が石垣の向こうに見え、統一感のある町並みが美しい。ルネが以前にこの村を訪れたときからそれほど様子は変わってはいないようだ。

「私は村に駐留する辺境騎士団から詳しい状況を確認してきます。魔術師の方々には村の詰め所に休む場所を用意してありますが、お休みになりますか？」

今回の遠征隊の責任者であるランベールが、いち早く落ち着きを取り戻し、ルネたちに問いかけた。

「いや、私も同行しよう。目撃者がいるのであれば詳しい話も聞きたい」

ヴィルジールはランベールの提案を断った。

「承知しました。では、参りましょう」

村の門の入り口には、辺境騎士団の一員であることを示す赤いマントをつけた騎士が歩哨（ほしょう）のために立っていた。

国境の守護を主な任務とする辺境騎士団は、魔獣に対抗する手段を持たない。それでも民を守るために存在するのはバリエ騎士団と変わらない。

赤いマントの騎士は騎士の礼を執った。

「ようこそ、パイユ村へ」

「バリエ騎士団、隊長のランベールだ」

ランベールが先頭に立って村へ足を踏み入れる。あらかじめ話は通っているらしく、一行は待たされることもなく村の中に通された。

通りのあちこちに花が咲き乱れ、ルネの目を楽しませた。遠征という機会でなければじっくりと堪能したいところだ。

ヴィルジールとランベールがそろって村の責任者のところへ行ってしまったので、ルネは詰め所で休むことにした。

このまま村を拠点に魔獣を探すことになるのか、ここから移動が必要なのかわからないため、荷物を解くことができない。ルネは手持ち無沙汰のまま、部屋から外の景色を眺めた。

いろいろとやることのあるあいだは気がまぎれていたが、することがなくなると今朝のことが脳裏によみがえってきてしまう。

ルネはヴィルジールの口づけの感触を思い出して、頬を染めた。

(いや、だってあれは治療だもの。キスなんかじゃないし！)

自分にそう言い聞かせないと勘違いしてしまいそうで怖い。

ルネにとってヴィルジールは師匠であるだけでなく、魔術師への道を切り開いてくれた大恩人である。ルネは彼を師として尊敬する以上に、保護者のように慕っている。

血で受け継がれる魔力の特性上、平民出身の魔術師はまずいない。新入りでも貴族であるのがおおかたである魔術師の中で、ルネが他の魔術師たちから侮られることは多い。

ヴィルジールは意外とよく気がつく人だった。ルネが彼の弟子となった当初、周囲の魔術師からルネが受けていたいじめにいち早く気づいたのも彼だった。

彼は実力主義を公言してはばからなかった。経験不足で実力の足りないルネに惜しみなく知識を与え、実際に魔術を使う任務に連れ出しては、ルネの才能を見せつけることで、あっという間に周囲の認識を変えてしまった。

ルネが実力を発揮できる場を設けてくれたことは、どれだけ感謝しても足りないほどだ。魔術の知識が深く、魔力も強くて、おまけに有能なヴィルジールが、主席魔術師に任じられるのもそう遠くないだろうと、ルネは思っている。

そんなヴィルジールにこれ以上の迷惑をかけたくないのだけれど、なかなか上手くいかない。

（どうかこれ以上ヴィ師匠に迷惑をかけずに済みますように！）

ルネの必死の願いはどうやら神に届かなかったらしい。結局その日は、パイユ村に留まることになり、ヴィルジールにあてがわれた詰め所の客室で、荷物を整理していたときのことだった。

「あ……れ？」

力なく地面に倒れ伏しそうになるルネの身体を、そばにいたヴィルジールがすかさず支え、倒れ込むことを免れる。

「ルネ！」

「えっと……、申し訳ありません……」

ルネは床の上に座り込んだ。ヴィルジールに抱き込まれたまま、ルネが申し訳なさそうに症状を告げると、彼はすぐに彼女の首元に手を添わせた。

身体を巡る血液と同じように、魔力もまた身体を巡っている。首筋は魔力の通り道が太く、様子を見るのに一番適していた。

「やはりな。ずいぶんと魔力が濃い……」

(や……やっぱり?)

夕方ぐらいからなんとなく身体が熱っぽいような気がしていたが、気のせいだと無視していたのが仇となったようだ。

「とりあえず口を開けろ」

「うぅ……」

また口づけを受けるのかと思うと気が進まない。

(恥ずかしすぎるんですよ……。師匠!)

じっと上目遣いでヴィルジールの顔を見上げるが、彼の表情は険しい。

「ルネ!」

怒気をはらんだヴィルジールの声に、ルネは覚悟を決め、しぶしぶとわずかに口を開いた。

「ん……」

すぐさまヴィルジールの舌がルネの口内に入ってくる。何度も角度を変えながら、彼が唇を触れ合わせる。彼女の口の中を彼の舌がゆっくりとなぞる。触れていない場所などないのではないかと思うほど、それはゆっくりで執拗だった。

「っは……ぁ」

ルネの意識はぼうっとかすみ、骨がすべて溶け出してしまったのではないかと思うほど身体に力が入らず、身体のどこもかしこもが熱っぽく感じられた。

「ししょぉ……。たすけて……ください」

ルネは熱に潤んだ瞳でヴィルジールを見上げた。

不本意な治療

「ルネ……ちゃんと唾液を飲み込め。私の体液を取り込まねば魔力が濃くなるばかりだ」

「は……い。ん……」

こくりと口に溜まっていた唾液を飲み込んだものの、朝ほどの症状の改善が見られない。このままではろくに動けそうになかった。

（ヴィ師匠、ごめんなさい……）

「だめ……みたいです」

「やはりな……」

考え込んでいるヴィルジールを、ルネはぼんやりとかすむ視界で見つめる。

「根本的にそなたの身体が魔力の大きさと濃度につりあうほど成長するまで、不調が続くことになるだろう。同じような症例について書かれた物をいくつか王宮の図書室で見た覚えがある。だとすれば、現時点でとり得る対症療法は二つ。どちらも魔力が高い者の体液が必要になる。一つは血液を摂取すること。ある程度の改善が見込めると思うが、血液の採取方法に問題があるので、何度も使いたい方法ではないな」

視線をさまよわせたままのルネに、ヴィルジールが苛立ち（いらだ）を見せる。

「ルネ、ちゃんと聞いているのか？」

「はい……」

散逸しがちになる思考をなんとかまとめ、ルネは師匠の言葉に耳を傾ける努力をする。

（まあ、身体に傷をつけるのはあまりよい方法ではないでしょうね……）

ルネはこくりとうなずく。

「もう一つは、男性の精液もしくは女性の愛液を摂取する方法だ」

「は、はい⁉　し、師匠、い、いま、なんとおっしゃいました？」

（いま、なんだかとんでもなく不穏な言葉を聞いた気がする）

かすみがかっていたルネの意識が一気に覚醒した。

「何度も言わせるな」

不機嫌極まりない表情でヴィルジールがルネを睨んでいる。

「つ・ま・り、私の血を飲むか、せいえ……」

「わかりました。もういいです！」

ルネは力の入らない手をなんとか持ち上げ、ヴィルジールの口を塞いで言葉をさえぎった。

（いくらヴィ師匠が研究者気質で、女性心理の機微に疎いからといって、その言葉はあまり口にしてほしくなかった！　しかも精液とか……！）

「液体で、しかも魔力を多く含むとなると……、あとは……。経口投与と注腸投与もしくは膣内投与か……」

すっかり研究者としての思考に沈んでしまったヴィルジールは、ぶつぶつと不穏なセリフを吐きつつ顎に手を当てて考え込んでいる。

（むりむりです！　絶対に無理！　ししょ～。どれもこれも経験のない私には難易度が高すぎます！）

「ししょ～、そんなことをしなければならないなら、もうこのままでいいです。これ以上ご迷惑をおかけするわけにはいきません」

ルネは涙ぐみながらヴィルジールを見上げた。

「ばか者！　そなたはなんのためにここにいるのだと心得ている！」

ヴィルジールの怒気をはらんだ突然の声に、ルネはびくりと身体を硬直させた。

「魔術が使えぬ者を守っている余裕などない。魔獣に抗う術を持たぬ民を守るために、皆が命を賭しているのだ。ぐだぐだと文句を並べる暇があったら、さっさと体調を治して、魔獣を退治して帰るぞ！　王都であれば他の治療法も見つかるかも知れぬであろう」

「ヴィししょう……」

ルネは自分の不調にばかり気をとられ、この遠征の目的をおろそかにしていた自分を恥じた。

「私……」

ルネは悄然とうなだれる。

ヴィルジールも言いすぎたと悟ったのか、優しい口調に変えた。

「とりあえず私の血を舐めろ。だめだったときは、そのとき覚悟を決めろ。……もし、魔力の高い恋人がいるのであれば、その者に頼めばよい」

「そんな！　恋人なんて！」

そのような存在など、いるはずもない。ルネは慌てふためきつつ否定する。

「それはそのときだと言ったであろう？　そうだな、指でよいか……」

ヴィルジールは荷物を探って小さなナイフを取り出した。魔術で刃先を洗浄すると、大きく息をついた。

小指の付け根あたりに刃を滑らせ、切り傷をつける。じわりと赤い血が手のひらに滲んだ。

「ルネ、さあ」

ルネは顔の前に差し出されたヴィルジールの手に、ゆっくりと顔を近づけた。舌を出し、小指の付け根をそっと舐める。塩味とかすかに鉄のような味が口の中に広がった。

（せっかく師匠が身体を傷つけてまで与えてくれたんだもの、無駄にするわけにはいかない）

ルネは目を瞑ると思いきってヴィルジールの血を飲み込んだ。

温かな魔力がルネの身体に染み渡り、すこしだけ身体を動かせるようになる。だが、それでもまだ足りない。

ルネは傷口に舌を這わせると、何度も何度も血を舐めとった。無我夢中で舐めた血を飲み干せば、そのたびに身体は力を取り戻していく。

「……ん」

ヴィルジールのうめくような声がかすかに聞こえた気がして顔を上げる。だが、ヴィルジールの顔は窓の外に向けられており、痛みをこらえているようだ。

(ごめんなさい。ヴィ師匠……)

申し訳なさにいたたまれなくなりながら、ルネは必死に傷口の血を舐める。けれども、血の匂いに別の意味で気分が悪くなりそうだった。

「ヴィ師匠、もう……大丈夫です」

「ふむ。こんなものか。調子はどうだ？」

ヴィルジールは魔術で傷口を塞ぐと、ルネの様子をうかがった。

「だいぶいいです。でも……血をたくさん飲むのは無理です。ちょっと気持ち悪い……です」

「そうだな。血を飲むのはやはり難しいか……。このまま横になって休むといい」

ヴィルジールはルネの身体を横抱きに抱き上げると、寝台の上に横たえた。

「申し訳ありません、ヴィ師匠。師匠の寝台なのに……」

「具合の悪いときはおとなしく人の言うことを聞いておくものだ」

夜色のルネの髪を、ヴィルジールが優しい手つきで何度も撫(な)でる。

ルネは安堵と共に目を瞑った。

戸惑う心

見慣れぬ天井を目にしながら、目覚めたルネは頭を抱えた。

（うわー。やってしまった……。師匠の寝台を占拠するとか、あり得ない。しかもローブを着たまま寝ちゃったし）

自己嫌悪に陥りながら、ゆっくりと身体を起こす。あたりにヴィルジールの姿は見当たらない。

慌てて洗面所に飛び込んで身だしなみを整えると、ヴィルジールの姿を探す。

ルネに割り当てられていたのはすぐ隣の続き部屋だった。そちらへと続く扉を開けると、朝日が煌々と降り注ぐ寝台の中にまどろんでいるヴィルジールの姿があった。

シーツのあいだに埋もれて眠る彼の姿は無防備で、いつもすこし不機嫌そうな顔がやわらいで、心地よさそうに見える。

太陽のような髪は朝日をはらんで、艶やかな輝きを放っていた。

ヴィルジールの寝姿に見とれていたルネは、自分の鼓動が早まるのを感じた。

（あの唇が私に触れたんだ……）

深い口づけを受け、唾液を注ぎ込まれた記憶がよみがえる。

思い出すだけで顔が火照り、どうしていいのかわからなくなる。

ルネには恋愛方面に対する免疫がほとんどなかった。学院時代は勉学に忙しく、恋人など作っている暇もなかったし、ヴィルジールのおかげで魔術師となることができてからも、学ぶことが多すぎて、やはりそんな暇はなかった。誰かを愛しく思うことのできない自分は、きっとどこかおかしいのだろうと、ずっとそう考えていた。

(私はヴィ師匠が好きなんだろうか？)

もちろん、彼のことは師匠として尊敬しているし、いささか研究家気質が強すぎるきらいはあるとは思うが、人間的には好きだ。だが、果たして恋愛的な意味で彼を慕っているのか、ルネには判断がつきかねていた。

穏やかな表情で眠るヴィルジールを、ルネはじっと見下ろした。

(もしも、私がヴィ師匠を好きだったとしても、想いが報われることはないのかも……)

そう考えた瞬間、ルネの胸にずきりと痛みが走った。

ヴィルジールは上級貴族の一員として生まれており、幼い頃に定められた婚約者がいるらしい。貴族のあいだでは幼い頃に婚約者が定められることが一般的であり、彼に婚約者がいないとは考えられない。ルネがその婚約者に会ったことはなかったが、とても美しい人だという噂だ。

(そんなことより、今は魔獣を退けることが最優先だよね)

ルネはもやもやと胸の奥でくすぶる感情に蓋をして、ヴィルジールの肩を揺さぶった。

「ヴィ師匠、起きてください」

「……んー、ルネか」

眠たげに目を細めているヴィルジールは、もそもそと寝台の上から起き上がる。

「おかげさまで、体調はよくなりました。今日こそ、魔獣をやっつけて王都に戻りましょう！」

「そうだな……。さっさと片づけるに越したことはない」

欠伸（あくび）をこらえるヴィルジールに、ルネは元気よく宣言した。

ルネが急いで着替えと身支度を済ませて外に出ると、騎士たちはすでに詰め所の前に集まっていた。

「遅れたようで、申し訳ありません」

「おはようございます、魔術師殿。我々もつい先ほど集まったばかりですから」

ランベールは柔らかな笑顔を浮かべて、恐縮するルネをなだめた。ルネのあとから一団に合流したヴィルジールがランベールに問いかけた。

「魔獣が目撃された場所は遠いのか？」

「いえ、人の足でも半日あれば行けるようです。早い方がよいと思いまして、馬を用意してあります」

「よい手際だ」

ランベールの提案にルネの顔はさっと青ざめた。

「ルネ、どうした？」

ルネの様子に気づいたヴィルジールが彼女の顔を覗き込んだ。

「えぇと、馬ですよね……。私ちょっと馬は……苦手……なのですが……」

貴族であれば教養として乗馬技術を身につけているのが普通だが、平民であるルネが馬に乗る機会はこれまでなかった。

「そうか。ルネにも乗馬を覚えさせておけばよかったな。ふうむ……」

考え込んでいる様子のヴィルジールに、ランベールが声をかける。

「ならば、私が魔術師殿をお連れしましょう」

「いや……そこまで迷惑をおかけするわけには」

突然の成り行きに、ルネは慌ててランベールの申し出を断ろうとする。

「ルネ。魔獣を退けるために魔術師の数を減らすわけにはいかない。ここはランベール殿にお願いしよう」

「少々不安かもしれませんが、落とすようなことはしませんので、ご安心を」

ランベールの自信に満ちあふれた笑みに、ルネはうなずくしかなかった。

「では……、よろしくお願いいたします」

馬に装着されていた鞍が従者の手によって外される。二人で乗るには鞍が狭すぎるため、外さなければ乗れないらしい。

ルネはランベールに馬の上に押し上げてもらいつつ、なんとか馬にまたがった。馬の上は思っていたよりも視点が高く、すこし怖い。手綱（たづな）を持つわけにもいかず、掴まる場所を探してルネは周囲を見回した。

「上手ですよ。そのままで、大丈夫ですから」

ルネのすぐうしろに軽々とランベールが馬にまたがる。ルネの頭にランベールの顎が触れ、彼の手が腰に回され抱き込まれる。

他人の体温を間近に感じて、ルネはうろたえた。

(これは任務。任務だから！)

「魔術師殿、そんなに緊張しないで。姿勢に気をつけていれば大丈夫です」

「は、は……いぃ」

完全に腰が引けてしまっているルネに対して、ランベールはくすりと笑って馬をゆっくりと歩かせた。

「では、出発だ」

ヴィルジールは慣れた様子で用意されていた馬に悠々とまたがっている。

一行は魔獣を目指して出発した。

魔獣との対峙（たいじ）

太陽が真上に差しかかる頃、一行は魔獣が目撃されたという場所に到着した。

道中は長閑（のどか）なものだった。ところどころに見える湖は美しく、このような状況でなければ皆の目をとても楽しませてくれたに違いなかった。

ルネと相乗りしているランベールは、できるだけゆっくりと馬を走らせてくれた。ルネはそれでも馬上の視点の高さに恐怖を感じて、ランベールに寄りかかることもできず、身体を硬直させていた。どうにか目的地にたどり着いたが、馬から降ろしてもらったときには、安堵のあまり地面にへたり込みそうになっていた。

騎士たちは皆、馬から降りて、周囲を警戒している。

ヴィルジールも馬から降りると、ルネの方に近づいた。

「ルネ、頑張ったな」

「師匠ぉー」

思わず縋（すが）りつこうとしたルネを、ヴィルジールは指先一つで制した。

「ここからが本番だろう？」

「うぅ……、はい」

ルネは大きく息を吸い込んで、緩んだ気持ちを引きしめ直す。

「ランベール殿、我らはこれから探索魔術を使う。魔獣を見つけ次第知らせるので、こちらに近づけないように」

「承知しました」

ランベールはうなずいて、同行する騎士に指示を出していた。

魔術を発動するには精神の集中を必要とする。そこで、集中を維持するために敵からの攻撃を防ぐことが必要となってくる。魔術師の数が多ければ防御と攻撃に役割を分けて戦うこともできるが、魔術師の数は少ない。そのため、魔術師と数人の騎士の組み合わせで戦うことが一般的となっていた。

今回の討伐対象である魔獣には、魔術での攻撃しか有効ではないため、必然的に騎士が防御を担当することになる。ランベール以外の四人の騎士は魔術師と共に戦ったことがないらしく、連携が取れるまで少々かかりそうだ。

「ルネ。探査を行う」

「はい、ヴィ師匠」

体内から具現化させた杖をヴィルジールが構えると同時に、ルネも腰に下げていた杖を手にして探査の魔術を発動する。

魔力を網のように広げていき、魔獣が放つ魔力の痕跡を探すのだ。ヴィルジールが八方に伸ばした探査の魔力の矢のすき間を、ルネの魔力が編み上げるようにして、丹念に痕跡を探していく。

やがてルネはすこし北の方に魔力の乱れを感じた。炎の魔力も感じる。

ヴィルジールも同じ痕跡を見つけたようだ。ルネの問いかけるような視線に、ヴィルジールがうなずいて応える。

「北だ！」

「承知しました」

魔獣の居場所を告げたヴィルジールに、ランベールが応える。斥候役を命じられた騎士を先頭に、北に向かって慎重に進む。

そして――。ソレは、いた。

魔力を含んだ炎をまとった四足の獣。犬に似た姿をしているが、その体躯はかなり大きく、馬ほどもある。ごうごうと口から漏れるのは呼気ではなく、炎。

周囲の美しい木々のところどころに燃えたような跡があり、魔獣が通ったであろう地面は黒く焼け焦げている。

「ルネ！」

「はい、師匠！」

(使うべきは水の魔術！)

ルネはぎゅっと杖を握りしめた。炎をまとう魔獣に対して、有効な魔術をすぐさま選択する。

魔獣が深く沈み込んで跳躍の気配を見せるよりも早く、ルネとヴィルジールは杖を構え、攻撃魔術を発動させていた。

ルネの求めに応じて、水の塊が空中に現れる。杖で対象を指示して、過たず魔獣にぶつける。

風に属する雷の魔術は、水にも属するため魔獣に対する効果が期待できる。ヴィルジールは高く掲げた杖から生じさせた雷撃を、魔獣に向かって振り下ろした。

騎士たちも負けじと盾を構え、魔術師の攻撃を補佐する。

ランベールもすでに剣を構えており、飛びかかってきた魔獣に斬りつけた。

「ギャウゥン！」

すこし甲高い叫びが魔獣の口から飛び出る。

ランベールに斬りかかられた魔獣は、ひらりと背後に下がると、そこにあった木の幹を踏みつけて体勢を整えた。

「ゴフウゥゥゥ……」

魔獣は低くうなると、再びルネたちに襲いかかった。

騎士が盾を構え、攻撃を跳ね除ける。動かぬ的であれば攻撃を当てることはたやすいが、常に動く魔獣に攻撃を当てることは難しい。

騎士が作ってくれた一瞬の隙を見逃すことなく、ルネとヴィルジールは次々に魔術を仕掛けた。

ふたりは火を制することのできる水と土に属する魔術を中心に、攻撃を組み立てている。

（本当は風の方が得意なんだけど……）

風は火を煽ってしまうために使うことができない。

ふたりがかりの攻撃に、魔獣の動きは次第に緩慢になっていく。

一気に討ち取れると見た騎士が、陣形を乱して突出する。

「だめ！」

「戻れ、ジュリアン！」

騎士の動きに気づいたルネとランベールが声を張り上げる。

「ばか者め」

今まさに水の柱を当てようとしていたヴィルジールは、舌打ちを一つして攻撃を中止した。

攻撃魔術に巻き込んでしまうことを恐れたのだ。

ランベールの叱責に気づいたジュリアンが慌てて皆のところへ戻ろうと、魔獣に背を向けた。

「魔獣に背を向けるな！」

魔獣に対して無防備な背中をさらしたジュリアンに、今度はヴィルジールが叫んだ。

魔術攻撃を中止したばかりのヴィルジールが、再度攻撃をするにはすこし時間がかかる。

（まだ魔力は半分以上残っている。これなら中位の魔術でもとどめを刺せるはず）

状況を瞬時に判断したルネは杖を掲げ、常より多くの魔力を流して水の球を振り下ろした。

その瞬間、魔獣の身体は水圧に耐えきれず地面に伏した。頭部を水の球に包まれた魔獣はそれでも必死に立ち上がろうと四肢を動かしている。

ルネたちは攻撃をやめ、魔獣の姿を見守った。

「ガウゥウゥ……」

力ない咆哮（ほうこう）がしばらくあたりに響いていたが、その声も途切れ、やがて魔獣はぐったりと地面に横たわった。魔獣が全身にまとっていた炎の甲冑（かっちゅう）も、その姿を消していく。

完全に炎が消えるのを待って、ランベールがそろそろと魔獣に近づき、完全に息の根が止まっていることを確認すると、騎士たちはすばやく動き始めた。

このまま魔獣を放置すれば魔力の匂いを嗅ぎつけた魔獣が近寄ってこないとも限らない。手早く魔獣を解体して、食べられる部分の肉や、素材となりそうな部位を剥ぎ取っていく。

「ルネ、よくやった」

「ありがとうございます。ヴィ師匠もお疲れ様でした」

騎士たちの作業を見守りながら、ルネとヴィルジールは互いの健闘を称えた。

「騎士たちと連携がとれるようになれば、もうすこし楽になるとは思うが……」

「難しいですね。練習量が絶対的に足りていませんから」

遠い目をしているヴィルジールに、ルネはうなずいた。

「まあ、魔獣がこれ一匹ということはないだろう。せめて今回の同行者だけでも慣れてもらうとしよう」

「はい」

三匹の魔獣を狩ったところで、あたりが暗くなってきたので、今日は終わりにする。一行はパイユ村へと戻った。

最終的に、村の付近では合計七匹の魔獣を退治することができた。魔獣の現れた場所は、討伐後に念入りに浄化を行い、魔力の流れを周囲と調和させてから、ルネたちは王都へ帰還した。

魔道門(ゲート)で王宮内の騎士棟へ移転した騎士たちは、互いの無事を喜び、任務の成功を口々に祝った。

ヴィルジールとランベールが、今回の遠征について後日反省会を行うことを取り決め、その場は解散となる。

ヴィルジールが久しぶりに王都内の自宅に戻るというので、ルネは自分の部屋がある王宮内の魔術棟に戻ることにした。

そのことを告げたルネを、ヴィルジールはじろりと睨んだ。

「そなたもついてきなさい。私がいないところで具合が悪くなったらどうするつもりだ？」

「え……っと、すみません」

(そこまで考えていませんでした。でも、血を頂いてから調子はずっといいし、けっこう魔術を使ったから大丈夫だと思うんだけどな……)

なにより、ヴィルジールのそばにいると、口づけを受けたときのことをふとした瞬間に思い出してしまい、なにも手につかなくなってしまう。

「でも、最近は調子もいいですし……」

反論しようとするルネの首筋に、ヴィルジールの手が突然触れた。

ルネは思わぬ接触に身体をすくませた。鼓動が早まり、耳の中でうるさいほど鳴っている。

ヴィルジールは機嫌の悪そうな表情でルネの魔力を量っていた。

「このあいだ倒れたときの濃度に近づいている。他に対処法が見つかるまでは私のそばを離れるな」

「……わかり……ました」

もはや反論する気も起きないまま、ルネはヴィルジールの魔道門(ゲート)で彼の自宅へ転移した。

王都バリエのすぐ北にはモニーク山がそびえている。モニーク山を背後に、空に向かって伸びる尖塔をいくつも集めたような城が王宮である。その周囲に騎士棟や魔術棟が配置され、背の高い城壁が王宮と騎士棟や魔術棟を取り囲んでいる。城壁の門から南には大通りが延びており、その大通りに面するように王都は発達していた。

王宮の城壁を取り囲むように貴族たちの住む一の郭があり、すこし低めの防護壁に囲まれている。更にその南に商人たちが店や住居を構える二の郭、そしてその南に王都の住民が住む三の郭があり、街全体が防護壁に囲われている。

ヴィルジールが居を構えているのは一の郭の内部になる。

「おかえりなさいませ、旦那様。ルネ様、ようこそおいでくださいました」

大通りに近い場所にあるヴィルジールの自宅には、多くの使用人が主の帰宅を待っていた。その使用人を管理し、主の留守を預かっている家令ロベールがふたりを出迎えた。

「留守中、変わりはないか？」

「はい」

ヴィルジールの問いに、ロベールは恭しく答えた。ロベールはヴィルジールから受け取った荷物をうしろに控えていた執事に手渡し、留守中に受け取った手紙や采配が必要な事項があると、主人を書斎へと誘った。

控えていた女性の使用人がルネの荷物を受け取る。

「ルネ様、こちらへどうぞ。客間をご用意しております」

「いつもありがとうございます」

ルネがヴィルジールの家を訪れたときには、いつも客間を用意してもらっている。ルネは使用人の案内で客間に通された。

「荷物はこちらで片づけておきます。浴室が使えるようになっておりますので、のちほどお手伝いに参ります」

「ありがとう。でも、自分でできますから、手伝いは不要です」

「承知しました」

ルネはいつものように彼女たちの手伝いを断った。

使用人は優雅なお辞儀を見せると、下がっていく。

「ふう……」

ルネは大きく息をつくと、浴室で旅の汚れを流すことにした。魔術師のローブを脱ぎ捨て、用意されていたお湯を使って身体を洗う。少々邪道だが、魔術を使えばあっという間に洗い終わってしまう。ルネは浴槽に溜められていたお湯にゆっくりと身体を沈めた。

「つっかれたぁ……」

思わず独り言をつぶやいてしまうほど、ルネは精神的にも肉体的にも疲れていた。

湯に身体を浸していると、ぼうっとしてくる。考えないようにしていた自分の体調について考えてしまう。

いつまでこんな調子が続くんだろう、とか、師匠のアレを飲む破目になる前に対処法が見つかるんだろうか、などと考え始めるときりがない。そしてなにより、師匠のことが気になってしかたがないのだ。

今回の遠征では協力して魔術を使う機会が非常に多かった。向かい合い、目で合図をしたりしてタイミングを合わせて魔術を発動するのだが、ともすれば気恥ずかしくて、師の顔をまともに見ることができなくなりそうだった。任務中はなんとか抑制できていたが、今はとても抑えられる気がしない。

こんなことでは、師匠の役に立つ魔術師になるなどできないというのに、物言いたげにじっと見つめられると、鼓動が早まり、頬に熱が集まってくる。

(だめだよ。そんな場合じゃないのに……)

のぼせそうになっているのか、くらりと視界が明滅した。

ルネは慌てて湯船から上がると、浴室を出る。湯上りにバスローブを羽織って部屋に戻ると、すでに荷解きが終わり、寝台の上に着替えが準備されていた。ルネは着替えに袖を通す余裕もなく、シーツのあいだに身を沈める。

疲れきったルネの意識はすぐに眠りの底に沈んでいった。

ルネは寝苦しさに目を覚ました。

あたりはすっかりと闇に包まれている。夕食もとらずに眠ってしまったようで、すこしお腹がすいている。

(何時頃だろう?)

ルネはふらふらと窓に近づき、閉められたカーテンを細く開いた。

夜空には星が瞬き、月は中天に差しかかろうとしている。

窓に嵌められたガラスの冷たさに誘われるように、ルネは熱っぽいため息をつくと火照った身体を窓に押しつけた。

「はぁ……」

脚は力なく崩れ、そのままずるりと床に倒れ込む。

(やっぱり……、こうなっちゃった……)

熱の所為なのか、自分の置かれた状況に対する悔しさからか、ルネの目には涙が滲んでいた。

(どうしたらいいの?　体中が熱い)

床に伏したまま、ルネは滲む視界で夜空を見上げた。

そのとき、廊下側から光が差し込み、大きな人影を浮かび上がらせる。

ヴィルジールの心配げな声がルネの耳に届いた。

「……ルネ?」

迫り来る限界

かすかな問いかけがルネの耳に届く。けれど、それに答えることすら億劫で、ルネは目を閉じたままときが過ぎるのを待っていた。

(これ以上師匠に迷惑をかけるくらいなら、もうずっとこのままでもいい……)

ふと気づくと、ルネの額に冷たい手のひらが乗せられていた。

「ルネ……、わかっているな？」

ルネはヴィルジールの質問の意図を理解していたが、目を瞑ったまま首を横に振った。

「他に……、方法があるはずです」

「ない。諦めろ」

不機嫌そうな声が、ルネのかすかな望みを一言で切って捨てる。

きっと目を開ければ、眉間にしわを寄せたヴィルジールの顔が見えるのだろう。

「もう……、いいです。このまま捨て置いて……ください」

ヴィルジールが息を呑む音が聞こえた。

(そう、もうこんなに手のかかる、面倒な弟子は見捨ててください)

「ほう……私にそなたを見捨てろというのか？　ここまで目にかけ、手をかけて、ようやく使い物になる弟子になってきたところだというのに？」

ヴィルジールの声はかつて聞いたことのないほど低かった。怒っているのにゆっくりと抑制された口調は、かなり本気で怒っていることを伝えてくる。

ルネはなんとか目を開いた。

ヴィルジールの暁色の瞳は濃くかげり、怒りに燃えているようだった。

「ヴィ師匠……」

「もう、そなたの意見など聞かぬ。私はこんなところでそなたを失うつもりなどない。だからそなたを、抱く……」

ヴィルジールは宣言するや否や、床に倒れていたルネの身体を軽々と抱き上げた。身体に力が入らないルネに抵抗する術はない。

柔らかな寝台の上にふわりと下ろされる。湯上りにまとったままのバスローブの裾がめくれ上がり、ルネの白い太ももがあらわになる。

ルネは羞恥にぎゅっと目を瞑った。

「これは治療だ。どうしても嫌ならば意識を奪ってやろう」

ヴィルジールが彼女の耳元でささやく。

「……いいえ。このままで……」

治療のためとはいえ、そこまでヴィルジールにばかり負担を強いるわけにはいかないという、ルネの意地だった。

ふ、と耳元でヴィルジールが笑ったような気がした。

「……初めてなのだろう？」

ルネはかすかにうなずくのが精一杯だった。

ヴィルジールの節くれだった指が、見た目に似合わぬ繊細さでルネのローブをはだけさせていく。

すこし冷たい指がルネの肌をなぞる。

「……っく」

たったそれだけでルネはびくりと全身を震わせた。

湯上りのまま眠ってしまったため、下着すら身に着けていないルネの裸身が月の明かりの下にさらされる。

ヴィルジールの目にはどんな風に映っているのだろうかと、ルネは羞恥に身を焼かれつつも、頭の片隅で考えた。

そのあいだにもヴィルジールの指は彼女の首筋をなぞって下へ進み、豊かな胸の膨らみを捕らえていた。胸の頂には触れず、その周囲を指がくるりと撫でた。

「っああぁ！」

思わず漏れた声に、ルネは手を口に当てて塞いだ。

（やだ。なんて変な声を上げてしまったんだろう！　はずかしい！）

唇を強く噛みしめ、これ以上おかしな声がでないように歯を食いしばる。そんなルネのかすかな抵抗などお構いなしに、ヴィルジールの指はルネの身体を暴いていく。存分に胸を征服した指は、更に下を目指した。

へその付近をゆるりと撫でると、更に下へ向かい、足の付け根を通り過ぎる。ゆるゆると股のあいだに触れていく。

ルネは触れられた場所すべてが炎にあぶられたように、じりじりとした焦燥を感じた。

太ももの柔らかな肌をなぞっていたかと思った瞬間、太ももの内側にちりりとかすかな痛みが走った。なんとか目を開いて見下ろせば、ヴィルジールの頭が太もものあいだに位置しており、透き通るように白い彼女の肌を吸い上げていた。

「あぁ！」

驚きにルネは息を呑んだ。

ルネが驚愕に目を瞠っていることに気づいたヴィルジールは、顔を上げてルネを見つめ返した。その瞳は情欲に濡れていた。

ヴィルジールはルネに見せつけるように、肌の上を舌でなぞる。

「……っあ」

ゆるりと舌の熱く濡れた感触にぞわりとなにかがルネの背筋を駆け上った。それは寒気とは違う、もっと熱くしびれるような感覚。

（もう、耐えられない！）

「ヴィ師匠、そんなのやめて……。もう、いいから……」

（ひと思いに身体を貫いて、精を注ぎ込んでもらえばいい。どうしてこんな……、こんな風にやさしく触れるの？）

ルネの瞳の端には涙が滲んだ。

「そなたの意見は聞かぬと言った。それにほぐさねば、つらい思いをするのはそなただけではない」

冷徹な宣言にルネはぎゅっと目を瞑った。

「……はい」

（そう、これは治療なのだ……）

ルネは何度も心の中で繰り返した。

自覚

ルネの身体がわずかでも反応を返す場所があれば、ヴィルジールの指はそこを執拗に触れてくる。けれども、脚の奥の秘められた場所にはなかなか触れようとしない。

ヴィルジールに触れられるたびに、ルネの背筋をぞくりとした感覚が走り抜ける。全身が溶け出してしまったかのように力が入らず、唇から熱のこもった吐息が漏れるのを抑えきれなくなった頃、ようやくヴィルジールの手はルネの秘所に触れた。その場所には触れずとも、すでに蜜があふれていた。

ヴィルジールの指がそこに触れた瞬間、ルネの全身が大きく震えた。夜色の茂みをかき分け、ぬるりと蜜をまとった襞（ひだ）のあいだを彼の指がそろりとなぞる。まろやかな双丘（そうきゅう）を伝った蜜がシーツの色を変えていた。

「あ……あ！」

ルネは衝撃に目を見開いた。

自分の感覚がすべてヴィルジールに塗り替えられてしまうような、自分が自分ではなくなってしまうような恐怖に、ルネは思わず目の前の彼の肩に縋りついた。

「……こわい」

「大丈夫だ……」

ヴィルジールはルネの背中をあやすように撫でつつ、彼女が落ち着くまでなだめる言葉を耳元で繰り返した。

「ルネ、なにも怖いことはない。身体が驚いているだけだ」

背中を撫でる大きな手に、ルネの未知に対するおびえはすこしずつ落ち着いていく。

「……そろそろ、いいか」

低くかすれたヴィルジールの声が聞こえたと思った瞬間、彼の指がルネの内部に侵入を果たしていた。

「ひぅ……」

内部をこじ開けられるような感覚に、ルネは鋭く息を吸った。全身が強張り、震えが止まらない。

「ルネ、力を抜け」

ヴィルジールの声に従おうとするのだが、身体が言うことを聞かない。

(これは治療なんだから……。ヴィ師匠に迷惑をかけちゃいけないってわかっているのに……)

ルネは情けなさに涙をあふれさせた。

ルネがどうにもできないと悟ったのか、ヴィルジールは彼女の胸の頂に吸いついた。

「ふぁ」

彼の舌が頂を押しつぶすように触れる。強く吸われ、舌でそこをはじくように触れられるたびに、ルネはびくりと震え、背中をしならせる。

背筋(せすじ)を這い上がるぞくりとした感覚に気をとられているうちに、いつしか下肢を暴く指が増やされていた。

「あ……ぁ」

あふれる蜜は途切れることがなく、水音がぴちゃぴちゃと暗い室内に響いた。

「ヴィ師匠……、もう……」

「まだだ」

羞恥に耐えきれず、その先を求めるルネに、苛立ちを含んだヴィルジールの声が却下する。

ヴィルジールはルネの蜜壷の入り口にある、花びらのあいだに隠された蕾を指で押しつぶした。

「ひぅ！　ん……あぁ！」

ルネは背中をしならせ、背筋を這い上がった未知の感覚に、声を抑えることを放棄した。がくがくと全身を震わせ、なにも考えることができず、襲い来る嵐のような熱に意識を奪われそうになる。

「はぁっ……ぁ、はぁっ……」

荒いルネの呼吸が収まるのを待って、ヴィルジールの指は再び動き始めた。

「ヴィ師匠、やだっ……もう、おかしく……なるっ……」

「おかしくなればいい。でなければ、この先に進むことなどできない」

どこまでも冷静な師の言葉に、ルネは悔しさを感じて唇を噛みしめた。

(ああ……、わたしは師匠のことが好きなんだ)

唐突にルネは自分の心情を理解した。

(だから、……これが治療で、ヴィ師匠にとってそれだけの意味しかないことが、悲しいんだ……）

ルネの瞳に涙があふれた。

蜜壷をかき回すヴィルジールの指は激しさを増した。あふれた蜜がぐちゅりと音を立てる。

「つあ……、やぁ……」

ルネは首を振り、未知の感覚を振り払おうとする。

「……ルネ」

ヴィルジールがささやいたかと思うと、次の瞬間、ルネの耳朶(じだ)に彼の舌が触れ、ゆっくりと舐め上げた。

「あぁっ！」

そっと甘く食まれると、もう、ルネは自分が感じているものが快楽だと認めざるを得なかった。

耳朶に愛撫を受けながら、花芯をこすられて、ルネは絶頂に達した。

「ぁあああああっ！」

強烈な感覚に意識を奪われ、全身を震わせる。

荒くなった息が整いかけたとき、ルネはふと肌寒さを感じた。

顔を上げると、寄り添っていたヴィルジールが身体を離し、着ていたローブを脱ぎ捨てていた。

シャツを脱ぎ捨てると、たくましい胸板が目に入る。鍛えられた肉体には余分なものはなに一つない。

ルネは彼の美しい裸身に目を奪われていた。

ヴィルジールが下穿きを脱ぎ捨てると、反り返った剛直が腹につくほどに昂ぶっているのがちらりと見えた。

すぐにヴィルジールがルネに近づいたのではっきりと目にすることはできなかったが。

「ルネ……、すこし痛いと思うが、耐えよ」

「……はい」

ルネの脚を開かせると、ヴィルジールはそのあいだに腰を下ろした。彼は腰を抱え上げ、ルネの蜜壺の入り口に剛直をあてがった。

熱くぬるりとした感触に、ルネは覚悟を決めてきつく目を瞑った。

「……っあアア」

ゆっくりと、だが確実に、楔（くさび）が秘められた場所を開いていく。灼熱に貫かれたような感覚にルネは悲鳴を上げた。

(熱い、痛い。あつい、いたい！)

「……すまぬ」

極力痛みを与えぬよう、ヴィルジールはゆっくりと腰を進めた。ヴィルジールの押し殺した声が耳元で聞こえたが、めりめりと身を引き裂くような痛みに、ルネの意識は囚われていた。

「……入った」

ヴィルジールの吐息混じりのかすれた声に、ルネは涙に濡れた目をゆっくりと開いた。

ヴィルジールの暁色の瞳と視線が交わった。

彼を受け入れている部分は、脈打つごとに痛みを訴えている。

「なかの傷を癒すぞ」

ヴィルジールの声と共に、温かな魔力が下腹部に広がった。先ほどまでずきずきとした痛みにさいなまれていたことが嘘のように、痛みは治まっていった。

「動くぞ」

宣言と同時に動き始めたヴィルジールに、ルネは翻弄された。ぎりぎりまで楔が引き抜かれたかと思えば、ゆっくりと突き入れられる。

「あ……ぁ」

浅く、深く、それは次第に速度を増していく。ぞくぞくと快楽がルネの背筋を駆け上がる。ルネはヴィルジールの肩にしがみついて耐えていたが、やがて凶暴な快楽が正気を根こそぎ絡めとっていく。

ヴィルジールの息も、ルネに負けないほど荒くなっていた。

ルネの足首を捕らえて、ヴィルジールはいっそう深く彼女の内部を穿(うが)った。

「あァ……」

ルネが耐えられないと思った瞬間、ヴィルジールが低くうめいた。

「くっ」

どくりとした脈動と共に、温かな感覚が広がる。精と同時に放たれた魔力が、ルネの全身を巡った。

「ひぁぁぁ」

全身の細胞が作り変えられてしまうような感覚に、ルネは悲鳴を上げた。両腕を抱え込むようにして抱きしめ、襲い来る痛みとも快楽ともつかない感覚に耐える。

気づけば、先ほどまで身体を支配していただるさは急速に薄れていた。

「ルネ……どうだ。成功したのか？」

こんな場合でも冷静な師の言葉を恨めしく思いながらも、ルネはうなずいて答える。

楔がずるりと引き抜かれ、ぞくりと快楽がルネを襲った。

「もう……大丈夫です」

(私の気持ちはもう大丈夫じゃないみたいです。ヴィ師匠のことが好きなんだって、気づいてしまった……)

「このまま朝まで様子を見る」

「はい……」

ルネは疲労感に包まれながら、ゆっくりと目を閉じた。

傷つく心

ルネがヴィルジールに治療として抱かれてから半年ほどが過ぎた。

ルネが魔力過剰による不調に襲われるたびに、彼女はヴィルジールに抱かれた。最初はめまいと脱力感に倒れることもしばしばあったのだが、何度か治療を繰り返すうちに、およそ一週間という周期で摂取していれば倒れることはないことがわかった。

ヴィルジールと共に王宮にある図書館で文献を探したが、ルネのような者がいたということと、体液の摂取が有効であることぐらいしか発見できていない。

ルネは確認が必要な書類を手に、主席魔術師となったヴィルジールの執務室の扉をノックした。

「入れ」

ヴィルジールの不機嫌そうな声が応える。いつも通りの口調であることにどこか安堵しながら、ルネは室内に入り、ヴィルジールの前の机に書類を置いた。

ルネが予想していた通り、ヴィルジールが主席魔術師に昇格したのはつい先日のことだ。

ヴィルジールは昇格と同時に一気に増えた仕事で、なかなか机を離れることができずにいる。今も読んでいた書類から目を上げることもせず、ルネの方を見ようともしない。

（お忙しいんだろうな……）

ぼんやりと机の前に立ったまま物思いに耽(ふけ)っていると、ヴィルジールが書類から目を上げてルネの顔を見上げていた。

「ルネ……、調子が悪いのか？」

「いいえ……」

前回、治療を受けてからは一週間が過ぎている。しかし、最近は調子が悪くなるまでの間隔が伸びてきているような気がして、まだ大丈夫だと思い直した。具合が悪くなる予兆もまだない。

「本当に？」

疑わしげな顔つきでヴィルジールは椅子から立ち上がると、机を回り込んでルネの前に近づいた。彼は首筋に手を当てると、ルネの魔力を量った。

思わぬ接触にルネの心臓は早い鼓動を刻む。

「今夜、部屋に行く」

「……承知しました」

ため息を押し殺して返事をしたルネに、ヴィルジールはもう興味を失ったかのように机に向かっている。

自分も席に戻ろうと、扉に向かって歩き始めたルネのうしろ姿に、ヴィルジールの声が飛んだ。

「……もしも、私のほかに治療をしてくれる者がいるのであれば、その者に頼めばよい」

彼の言葉はルネの心を鋭く切り裂いた。

（ああ……、やはりヴィ師匠にとってあの行為は治療でしかないんですね。誰が私に触れても構わないと……そういうことなのですね）

ルネはあふれそうになる涙を意地で抑えつけ、申し訳なさそうな表情を作る。

ヴィルジールの方を振り向いて、精一杯声を作って告げる。

「申し訳ありません、ヴィ師匠。仕事が忙しく、私の治療をしてくださるという奇特な方を見つけられておりません。師匠の手を煩わせてしまうこと、大変申し訳なく思いますが、お願いいたします」

「別に煩わしいとは思っていない」

ルネの慇懃な言葉に、いささかむっとした様子でヴィルジールはすぐに反駁した。一瞬、ルネの心に希望が灯る。

「そなたは大事な私の弟子だ。そなたに恋人がいるのならばその方がよいと思っただけだ。忙しい中で恋人を作るのは大変だろうし、魔力の強い者はなかなか見つかるものでもないからな……」

ルネのかすかな希望はすぐさま絶望に塗り潰される。

（やはり、師匠は私のことを弟子としてしか見ていない……）

「……不肖の弟子で、申し訳ありません」

ルネは傷ついた心を抱えて、ヴィルジールの執務室を辞去した。足早に人気のない場所を探してさまよい歩く。魔術棟の一角にあるほとんど使われていない倉庫に飛び込むと、彼女の瞳から涙があふれた。

ヴィルジールがルネに対して恋愛感情を持っていないことはわかりきっていたはずなのに、それでも彼の言葉に傷つかずにはいられない。ルネはそんな自分の心の弱さを最も嫌っていた。

ただの魔術師である自分では主席魔術師のヴィルジールに相応しくない。仕事の上では補佐として、また弟子として隣に立つことを許されていても、私生活において彼の隣に立つことを許されているのは彼の婚約者なのだから。

「うう……」

ルネは嗚咽を押し殺した。

彼の実家からは早く結婚をと催促を受けているらしいが、ヴィルジールは仕事に忙しくそれどころではないと断っているという話を魔術師の同僚たちの噂で聞いた。

実際のところ彼の周囲に婚約者の姿がないことだけがルネにとって救いだった。

（ヴィ師匠……。もうすこしだけ、時間を下さい。ちゃんとこの気持ちに整理をつけますから……）

ルネは涙を拭いて、泣いていた痕跡を消すと、仕事部屋に向かって歩き始めた。

昼間の宣言通り、ヴィルジールはルネの部屋を訪れていた。

ヴィルジールの暁色の瞳に無言で寝台を示され、ルネは服を脱いで寝台に上がった。

「うつ伏せに」

ルネは黙ったまま彼の指示に従う。ゆっくりとうつ伏せに横たわると、顔を枕に押しつけた。

ヴィルジールの指が背中に触れられた。彼の指は触れるか触れないかの繊細な手つきで、ルネの背中をたどっていく。

「……っふ」

そのたびにさざ波のような快楽が湧き起こり、ルネは全身を震わせた。

ルネの透き通るような白い背中が快楽に紅潮し、美しく染まっている。

ヴィルジールはルネの背中にゆっくりと唇を這わせた。ところどころで強く吸い上げ、小さなうっ血の痕（あと）を残しているが、ヴィルジールの指に翻弄されているルネは気づいていない。

ふと気づけばヴィルジールの指は太もものあいだをたどっていた。

ゆっくりと高められる性感に、ルネはじりじりと焼かれるような気がした。

「……ルネ。脚を開け」

上半身がシーツに押しつけられ、お尻を高く突き出すようなこの格好は、何度抱かれても慣れることができない。初めて抱かれて以来、ヴィルジールは背後からしかルネを抱いていなかった。

「……はい」

ルネは彼の言葉に従ってのろのろと脚を開いた。

最中にルネの顔を見たくないのか、治療行為でしかないと割り切っているからなのか、師の心中はルネにはわからない。

ヴィルジールの身体に縋りつくこともできず、ルネはシーツを指の色が変わるほど強く握りしめた。

うしろからつぷりと秘所に指が突き入れられた。

「……っぁ……」

あふれた蜜が白い太ももを伝い、シーツの色を変えるほどに濡れている。

ゆるゆると蜜壺をかき回す彼の指が増えると、じんわりと腰に広がる快楽にルネは崩れ落ちそうになる。

「そろそろ、入れる……」

「……はい」

ヴィルジールは素早く衣服を脱ぐと、やはりうしろからルネに覆いかぶさった。ゆっくりとヴィルジールの昂ぶりがルネの秘所を押し開いていく。

「っあぁ……」

貫かれる衝撃にルネの口から声が漏れる。ルネは口を枕に押しつけて、可能な限り声を殺した。回を重ねるごとに、彼に抱かれる気持ちよさは増し、声を殺すことが難しくなっている。けれど、この行為はあくまで治療なのだと思うと、はしたなく上げてしまう声を彼に聞かれたくないので必死にこらえる。

ヴィルジールはルネの腰を掴むと、一気に最奥を貫いた。

「っああ！」

一足飛びに快楽の頂点へと導こうとするかのように激しく突かれ、嬌声がこぼれる。

ルネはシーツを強く握った。

目の前がちかちかと明滅し、意識が白く塗り潰されていく。

背中をヴィルジールの身体に抱き込められ、ぴったりと隙間なくつながっている。

たとえこのときだけだとしても、ヴィルジールと一つにつながることができることはルネにとってたとえようもなく幸せなことだった。

(好き、ヴィ師匠。すき……)

ゆるゆると揺さぶられていたかと思えば激しく突かれ、ルネの身体はすぐに頂点に押し上げられた。

意識は白く塗り潰され、凶暴な快楽に翻弄される。

ルネは全身を強張らせ、ひくりと蜜壺に埋められた剛直を締めつけた。

「う……」

ルネの締めつけにヴィルジールは精を放ちそうになったが、どうにかこらえたらしい。一瞬の静止ののち、再び激しくルネを揺さぶり始めた。

「……っやああ、だめ、ししょう！　おかしくなるのっ！」

手加減をしてほしいというルネの懇願を無視して、ヴィルジールは腰を強く打ちつけ、更なる高みへと昇らせようとする。

「やだぁ、ししょお……」

もう、声を殺すことなど考えられなくなるほどに、ヴィルジールはルネを激しく翻弄した。

「どう……して……」

ルネの声に応えることなく、ヴィルジールはルネを揺さぶり、やがて最奥に精を放った。

「っあああ」

全身をヴィルジールの魔力が巡り、ルネの魔力を薄めていく。

ぐったりと寝台の上に崩れ落ちたルネの背に、ヴィルジールの唇が落とされた。

（どうして……背中にキスなんてするの？　私のことを好きでもないくせに）

ルネの涙がシーツにこぼれ、ゆっくりと染み込んでいく。

暁の章

小さき君

——世界は魔力と物質から成り立っている。

遥か千年前、偉大なる賢者エドゥアールが発見した概念は現在まで受け継がれ、今日では真理とされている。

物質だけでは存在し得ず、また魔力だけでも存在することはできない。しかし魔力を巧みに操ることができれば物質を変化させることができ、また、巧みに変化させた物質は多くの魔力を宿すことができる。世界の隅々まで魔力が行きわたり、循環し、この世のあらゆる事象を形作っている。

大地を巡る魔力によって変質し、見境なく周囲に被害を及ぼすものと成り果てた魔獣に対抗することのできる唯一の存在である魔術師。

そして、魔術師の中でも更なる高みを極めた者だけが賢者や魔導士と呼ばれることになる。もっともこの数百年、賢者や魔導士と呼ばれるほどの存在は生まれていないが……。

バルト王国において一定の基準以上の魔力を持つ者は、その出自にかかわらず中央に集められ、王立学院——通称、学院において魔術を学ぶことを強制される。

ヴィルジールがその少女と出会ったのは、学院の教師として働く友人シリルから相談を受け、学院を訪れたときだった。

◇◇◇

「久しぶりだな、ヴィルジール」

「そなたも変わりはないようだ」

学院が教員に与えた個室に通されたヴィルジールは友人と魔術師の礼を交わした。

自分が卒業した頃とほとんど変わることのない学院の様子に、ヴィルジールは懐かしさを覚えて目を細める。

「さて、なにやら相談があると聞いて来たのだが……」

「相変わらず愛想のない奴だ」

シリルは恨めしげにヴィルジールを見やった。

「まあいい。ちょっと気になる生徒がいるのだ。非常に優秀な魔術師になれる素養を持っている。だがいかんせん平民出身でな……、このままでは魔術師となることは難しいだろう」

「ふむ。なんとなく話が見えてきたぞ」

ヴィルジールは不機嫌さを隠そうともしなかった。魔術師はほとんどが貴族であり、大抵は一族の中で師弟関係を結ぶ。かくいうヴィルジールの師匠も叔父である。

「ならば話が早い。ヴィルジール、君、弟子を取る気はないかい？」

平民出身の者を弟子としたがる貴族はいないだろう。よほど優秀な者であれば話も変わってくるのだろうが、魔力が血によって受け継がれる以上、魔術師となれる者は必然的に貴族である。

「断る……と言いたいところなのだが、最近、師匠に弟子を取れと言われている」

「本当か！」

シリルは目を瞠(みは)ってヴィルジールに詰め寄った。

「たとえ優秀でも、やる気がない者を弟子とするつもりはない」

「もちろんだよ、ヴィルジール！　ならば、早速ルネに会ってくれないか」

シリルは上機嫌だった。

「ルネ……？　女の名だな」

ヴィルジールはシリルの口から出た名前に眉をひそめた。

「そうだよ。だが、非常に優秀な生徒だ。君は性別で弟子を選ぶのかい？」

面白がるようなシリルの顔に、ヴィルジールは冷たい視線を送った。

「いや、能力とやる気さえあればいい」

「ちょうど今だったら、彼女は訓練場にいるはずだ。そちらを覗いた方が早いな」

シリルは先ほど鐘が鳴ったことを思い出し、ヴィルジールを訓練場へ連れ出すことにする。

「なんだか、君とこうして歩いていると学生時代を思い出すよ。ものすごくモテていたのに、言い寄る女性をことごとく寄せつけなかったこととかね……」

「……ふん」

ヴィルジールは鼻息一つで友人の軽口に応えた。

「あんまりにも女性を寄せつけないものだから、男色だという噂が立っていたなぁ」

「は？」

思いもかけない言葉にヴィルジールは廊下を進む足を止めた。

「あれ、知らなかった？」

「下らぬ。欲望の解消ならばその手の職業の女性に頼めば事足りる。わざわざ女の機嫌を取ってまで、付き合う意味を見い出せないだけだ」

完全に面白がっている様子のシリルに、ヴィルジールはため息を禁じえなかった。

「ふふっ、知ってたよ。だから、僕はルネを君に預けたいと思ったんだ。さあ、この先にいるはずだ」

校舎の中庭部分に作られた魔術の訓練場が目に入る。

ヴィルジールはその片隅で水の魔術を展開する少女に目を奪われた。

肩まで伸びたまっすぐな髪は夜空のごとき深い青。大きくくっきりとした目はまるで夜空に浮かぶ月を写しとったかのような金。いまだ幼さは残るものの、いずれは多くの男を魅了するであろうことは想像に難くない。

だが、なによりもヴィルジールの目を奪ったのは、彼女の瞳に込められた意志の強さだった。

展開しているのは初級の魔術でしかないが、込められた魔力には無駄がなく美しい。シリルが非常に優秀だと評していたが本当のことのようだった。

（なんと美しい……）

そうしてヴィルジールは一目で彼女に心を奪われた。

「おい、ヴィルジール？」

動きを止めたヴィルジールを不審に思ったシリルは、何度も呼びかけた。

「あ、ああ」

完全にルネに見とれていたヴィルジールは、友人の声にようやく己を取り戻す。

「彼女は平民なのだな……」

「さっきからそう言っているよな？」

ヴィルジールはルネから視線を外すことなくシリルに問いかける。

（あの美しい魔力を持った少女を己が手に入れるには、どうしたらいい？）

ヴィルジールの頭の中では、ものすごい勢いで計画が組み立てられていく。とりあえず弟子としてしまえば、あとはゆっくりと囲い込んでいけばいい。そう算段したヴィルジールは口を開いた。

「あの子を弟子にする」

「本当か？　ならば早速彼女に引き合わせる……よ？」

こちらに向かって話しているのに、完全に意識は少女の方に向いているヴィルジールを、シリルは少々引いた目で見た。

「いや、今はまだ会えない。今すぐ師匠が必要というわけでもないのだろう？」

「それはそうだが……」

学院では一般的な学問を中心とした四年の基礎課程を修了したのち、高等過程の魔術科に進み、数年に渡って修めて、ようやく魔術師となる資格を得る。その時点で師匠を得ていなければ、魔術師となることはできない。

　シリルがルネを紹介したということは、彼女は高等過程を学んでいる最中だろう。

「だが、ルネはあと半年もすれば高等過程を修了するだろう。あの子が高等過程に入ったのは半年ほど前なんだ。類を見ない早さで単位を取得している」

「なんだと？」

　ヴィルジールは驚きに目を瞠った。

　通常、高等過程を修めるには二年から四年を有する。高等過程においては、魔術の知識だけではなく実技も必要となってくる。成長期は魔力の成長も著しく、その成長は個人差も大きいため、個人に合わせた教育課程が用意されている。

　学院では単位制を採用しているため、必要な単位さえ取得すれば卒業可能な仕組みとなっている。二年で卒業すればかなり優秀な者だとみなされる学院において、一年で単位を取得してしまう者など、過去においても数人しかいないはずだ。

（……ならば、思ったより待たされずに済みそうだ。どうあっても彼女を手に入れる）

「半年いや、五ヶ月だな……。それまでに私はあの子を迎える手はずを整える。くれぐれも、他の者に取られぬよう、気をつけておいてくれ」

　シリルはなにを言っても無駄だと悟り、ため息をこぼした。

「……わかったよ。だが、ヴィルジール。君は本当にあのヴィルジールなんだよな？　同級生からは無愛想で氷の貴公子などと評されていた君と、いささか性格が違っている気がするよ」

ヴィルジールは恥ずかしいとしか言いようのない二つ名に絶句した。

「こお……。下らなさすぎて言う気も起きぬ」

興味のないことに対しては無関心で、魔術以外にはたいして興味を持たない人物だと思っていたのだが、どうやらその認識は誤っていたようだと、シリルは己の中のヴィルジールの人物像を修正する。いずれにせよ、ルネに師匠が必要であることは間違いなく、現時点では他に師匠となってくれそうな候補もいない。

「ヴィルジール……。僕は君だからこそ、ルネを託してもいいと思ったんだ。僕を失望させるような真似だけはしないでほしい」

シリルの目は真剣そのものだった。ヴィルジールは無愛想だが、一度懐に入れた者に対してはとても優しいことをシリルは知っていた。でなければ、共に学んだ学院を卒業した今でも交友関係を続けていられなかっただろう。そんなヴィルジールだからこそ、ルネの師となることをシリルは願ったのだ。

ヴィルジールはシリルが友として、なによりも教師として自分に向かい合っていることを痛切に感じた。

「私は彼女を一流の魔術師に育ててみせる。心配は無用だ」

ヴィルジールはしばらく見えることの叶わぬ少女の姿を、脳裏に焼きつけるように見つめた。

師匠の策謀

宮廷に取って返したヴィルジールは、すぐさま己の師である叔父に弟子を迎えることを告げた。

「そなた、本当に弟子を取るのか？」

叔父のアンリは執務机の前に立つ甥を胡乱げに見上げた。ついこのあいだまで、弟子を取ることに異議を唱え続けていた甥の変わりようが信じられない。

「なにか問題でも？」

「いいや。そなたがその気になってくれたのは嬉しいが……、いったいどういう心境の変化だ。そなたをその気にさせたのはどんな子だ？」

次の瞬間、とろけるような表情で宙を見つめるヴィルジールの姿に、机に肘をつき両手を組んでいたアンリは己の目を疑った。甥のこのような姿など、ついぞ目にしたことがない。

ヴィルジールの暁色の瞳には情熱の炎が浮かんでいた。

「とても……美しい魔術を使うのです。とても華奢で、抱きしめたら折れてしまいそうなのに、月の瞳には強い意志が秘められている……」

アンリは絶句した。

これが、魔術以外にはまったく興味を示さなかった甥の口から漏れる言葉だろうか。

折れてしまいそうだという言葉から察するに、きっとその人は女性なのだろう。女性を褒めるのに魔術の美しさを挙げるのはどうかと思うが、魔術馬鹿な甥らしいというべきか……。

夢みるような口調で語り続けるヴィルジールに、アンリはうんざりしながら問いかけた。

「まるで初恋にかぶれた少年のようだな」

「はっ。下らないですね。初恋などと……、え？　まさか！」

これまで女性に言い寄られて辟易（へきえき）したことはあっても、自分から女性に近づいたことがないことにヴィルジールは思い当たる。どれほど思い返しても、初恋と呼べるものがないことに気づいた。

（まさか、これが初恋というものなのか？）

ヴィルジールは整った顔をみるみるうちに赤面させた。

「そなたまさか、本当に初恋なのか⁉」

初めて見る甥の表情に、アンリは信じられないものを見るような目つきで、あっけに取られている。

「どうやら……そのようです」

恥ずかしさに顔を手で隠しながら認めた甥の姿に、アンリは嬉しさと同時に安堵を感じていた。魔術にしか興味がなく、どこか人間味に欠けたところのある甥の、こんな姿を見ることができるとは思ってもみなかった。

アンリは知らず知らずのうちに唇に笑みを刻んでいた。

「それで、どこの家のご令嬢なのだ？」

「ルネは貴族ではありません。平民です」

「はぁ？」

再びアンリは絶句した。

「周囲に文句は言わせません。半年後、学院の卒業と同時に私の補佐として働いてもらいます」

「平民をいきなり王城で働かせるつもりか!?」

アンリは勢いよく椅子から立ち上がると、魔術師の藍色のローブの裾を翻しながら執務室をうろうろと歩き回った。コツコツと靴音を響かせ、早足に机の前を行ったり来たりしている。

「半年後だと？　半年後に卒業可能な学院の生徒、かつ魔術師となり得る者で、女性……となると、あの子か！」

「叔父上、ルネのことをご存じなのですか？」

ヴィルジールは眉をひそめつつ、叔父を見下ろした。

自分よりも叔父の方が彼女のことを知っているようで気に入らない。ヴィルジールの眉間にしわが刻まれる。

「私を誰だと思っている。学院の生徒を管理しているのはこの私だぞ？」

学院の魔術課程を経て、魔術師として認められるほどの力を有する者は毎年、両手に満たない。更にその先の、魔術師として資格を認められている者は、国全体でも四百人ほどしかいない。そういった魔術師になれない者のために、学院には騎士や文官の教育課程も存在する。そのほとんどすべてが貴族の子弟であった。

主席魔術師であるアンリはこの国の魔術師すべてを束ねている。そして、魔術師を輩出する学院の管理もまた主席魔術師であるアンリの仕事であった。

「確かに、平民にしてはあり得ないほど強い魔力を持つと聞いている。だが、そなたが目をつけるほどとは……」

「そういうことなので、よろしくお願いしますね。叔父上」

ヴィルジールは必要なことはすべて告げたとばかりに、入り口に向かって歩き始めた。

「待ちなさい、ヴィルジール」

「なんでしょうか？」

呼び止められたヴィルジールは、不機嫌な様子を取り繕うことなく振り向いた。

「そなた、覚悟を決めたのだな？」

平民出身の者を魔術師として弟子に迎えるならば、当人の実力も必要となるが、なによりも師となるヴィルジールに技量と地位が求められる。

これまで出世に興味がなく、研究の道に進むと思っていたヴィルジールが、弟子を迎えるというのならば、それなりの覚悟をもって臨んでいるはずだ。

アンリは一族の特徴である暁の瞳でヴィルジールを見つめた。

「当然です」

ヴィルジールは不敵な笑みを浮かべると、足取りも軽く部屋を出ていく。そんな甥のうしろ姿を見送ったアンリの顔にもまた、笑みが浮かんでいた。

「そなたが決めたことだ。私もできうる限り協力しよう。かわいい甥のためなのだからな」

満足げな表情で、アンリはひとりつぶやいた。

ヴィルジールは宣言通り、精力的に任務をこなしていった。これまであまり熱心ではなかった遠征任務も進んで受けるようになり、着実に出世の道を歩んでいる。アンリもまた他の魔術師がひるむほどの任務を与え、甥に協力した。

さすがに半年では昇格することはできないが、若手の中では抜きん出た存在として、ヴィルジールは頭角を現しつつあった。

そうして、ついにルネの卒業が決まったという連絡を受けたヴィルジールは、喜び勇んで学院に向かったのだった。

愛し君との再会

「そなたがルネ……か」

ようやく愛しい少女に会えた喜びで、ヴィルジールの胸は高鳴り、苦しいほどだった。気をつけていなければ、顔が緩んでしまいそうになる。ヴィルジールはなるべく表情を出さないように努めた。

（ああ、やはり会ってしまえば手放すことなど考えられぬ）

ルネは半年ほど前に見かけたときよりもすこし痩せてしまったようで、更に華奢になってしまっている。

儚げな彼女の様子に思わず抱きしめたいという衝動が湧き上がり、ヴィルジールはしかめっ面を作って耐えた。

「はい……」

ルネの細く澄んだ声が耳に優しく響く。初めて聞く彼女の声に感動し、ぼうっとしていたヴィルジールは、彼女が見せた敬礼のしぐさに我に返った。胸の前で手を組んで礼を返し、落ち着こうと大きく息をつく。

「ふむ」

（いかん。このままでは冷静に話ができぬ）

もう一度大きく息を吸って気持ちを落ち着けると、ルネに名前を名乗った。

（ああ、本当にかわいらしい。うつむいたままでは目を見ることができないではないか。あの月の瞳をもっとよく見たい）

ヴィルジールは欲望のままに彼女の顎に手をかけ、月色の瞳を覗き込んだ。

驚きに目を瞠っているルネの瞳は、潤んだような艶を含んでいる。

（ああ、やはり美しい。この月の瞳に私は囚われたのだ……。このまま彼女に触れて、なにもかも私のものにしてしまいたい）

ヴィルジールは無意識のうちに、唇が触れ合いそうなほど顔を近づけてしまっていた。

（いかん！　このままでは彼女を襲ってしまう）

ふっくらと柔らかそうな唇に視線を奪われつつ、口づけてしまいそうな衝動を必死に抑える。

（くそう、どうすればいいのだ！）

「なかなか強い意志を持っている。よろしい」

ヴィルジールはなんとか言葉を絞り出す。全身の神経を集中させて彼女の顎を捕らえていた指を放す。再び近づいてしまわぬように、ヴィルジールはうしろへゆっくりと下がった。

「はい？」

不思議そうに首を傾げるルネの姿に、ヴィルジールの自制心は吹き飛びそうになった。

（そのような無防備な顔で見つめるんじゃない！　かわいすぎて頭がおかしくなりそうだ！　今日は用件だけを告げてすこし距離を置こう。気持ちを落ち着けないと、私は自分でもなにをしてげた。

　ヴィルジールは動揺した心とは裏腹に、ぶっきらぼうな口調でルネを弟子として迎えることを告げた。

　大きな目が落ちてしまいそうなほどルネは驚いていた。

　彼女には弟子とすることをあらかじめ教えていなかったので、驚くのも無理はない。

　傍（はた）から見ればすこし間抜けな表情でも、ヴィルジールの目には愛らしく見えてしまうのだから末期的なのかもしれない。ヴィルジールは自嘲した。

　彼女に対する愛しさと、冷静さを保とうとする気持ちがヴィルジールの心を混乱させる。なぜだか冷たい言葉が口から飛び出していた。

「なんという声を出すのだ。学院で礼儀を学ばなかったのか？」

「もっ、申し訳ございません」

（ああ、謝らせたいわけではないのに！）

　頭を下げるルネになんと言葉をかけてよいかわからず、ヴィルジールは話を進めることにする。

「ふむ。まあよい。そのうち嫌でも学ぶことになる。私のことはヴィと呼ぶように」

（さあ、そのかわいらしい唇で私の名を呼んでくれ）

「ヴィ……師匠……？」

「うむ」

　彼女の澄んだ声に名を呼ばれるのは、くすぐったいような喜びを感じる。思わずにやけてしまいうかわからぬ！）

（このままルネを寝台に引き込んでしまいたい。そうしたらそなたはどんな顔をするだろう……。きっと驚いて、怒って、真っ赤になるだろうか。ふふっ、それもかわいいな。ああ、できもしないくせに妄想だけは一人前だ……）

毎朝の自制心との戦いに打ち勝ったヴィルジールは大きなため息をつくと、寝台から降りてルネを横目に洗面所に向かった。

彼女がヴィルジールを師として慕ってくれているのは間違いないだろう。キラキラと尊敬の念を湛えた瞳で見つめられるのは、くすぐったくも嬉しい。自分としてはもっと彼女の近しい存在になりたい、彼女に触れたい、という思いはあるけれど、それ以上に愛しくて、師弟という関係以上に距離を縮めることができずにいる。

どうやら彼女は恋愛方面に関してはかなり疎いらしく、ルネが自分を異性として意識している気配はまったくない。そのせいか、無防備に近づいてくるルネに、ヴィルジールは常々翻弄されている。今のところはなんとか誤魔化せてはいるようだが、限界は近い。

それでも、こんな日がずっと続くのではないかとヴィルジールは思っていた。だが、それは錯覚でしかなかった。

変化は突然訪れた。

いつものようにヴィルジールを起こしに来たルネが突然倒れた。

ぐらりとよろめきかけた彼女の身体を咄嗟に引き寄せる。腕の中にすっぽりと納まってしまうほど小さくて華奢でありながら、柔らかな肢体の感触に、自分の中の雄がぞくりと目覚めるのを感じた。

　倒れ込んだのが寝台の上だったこともあり、ほとんど彼女に衝撃は加わっていないはずだ。それでも心配に胸が痛む。急に倒れるほど具合が悪かったのだろうか。

「ルネ、大丈夫か？」

　抱き寄せた彼女を離し難くて、そのまま耳元に問いかける。

「あ、の、……めまいが……して」

　いつまでもこうしていたいが、具合が悪いのも気になる。寝台の上に彼女の身体をずらして横たえると、ヴィルジールは寝台から降りてルネの身体を診察し始める。

　怪我であれば魔術を使って治療することもできるが、病気は治療師に任せるほかない。まずは魔力の流れを診ることにした。

　藍色のローブの襟元をくつろげ、首筋にそっと手を当てる。彼女の白い首元がまぶしく、ヴィルジールはどきりと胸を高鳴らせた。

（いかん！　今はルネの具合を見るのが優先であろう！）

　心の中で己を叱りつけ、ヴィルジールは彼女の魔力の流れを探った。

（ふむ、これは……。恐ろしく魔力濃度が高い。こんなに溜め込んでいては苦しいだろうに）

　ヴィルジールは痛ましげに眉をひそめた。彼にはルネの症状に思い当たるものがあった。成長期になると魔力が急増する者がいる。けれど身体はまだ増えた魔力に慣れていないので、増えた分だけ魔力の濃度を上げることで器に魔力を溜めておこうとする。多少の濃度の増減は問題ないが、魔力の強い者の魔力が、更に成長期で増えた場合に、めまいや全身の倦怠感などの症状が現れるという。ヴィルジールは王宮の図書館で読んだ論文を思い出した。

「そなた、最近魔力が急に増えただろう？」

読んだ論文の対処方法を思い出して、ヴィルジールは顔をしかめた。

（魔力の強い他者の体液摂取だと!?　た、体液って汗とか涙とか唾液とか血とか、せいえ……。いや、無理だ！）

ヴィルジールの脳内は完全に恐慌状態となっていた。こんなときでもあまり感情があらわにならない己の顔の表情筋に感謝しつつ、ヴィルジールはいまだつらそうにしているルネの額に手を当てた。

（すこし熱があるやもしれぬ）

肯定するルネに、やはりか、とヴィルジールは泣きたくなった。

目を瞑っていたルネが急に目を開いた。彼女はぼんやりと潤んだ瞳でこちらを見上げてくる。

（そんな艶っぽい目つきで見るんじゃない。ルネは私を悶え死にさせる気か？　いや、落ち着け。ルネがなにも考えていないことを知っているだろう？　抑えるのだ）

ヴィルジールはルネに治療法があることを告げる。

一番効果のある治療方法でなければ意味がない。魔術師の中で現在最も魔力の強いのはヴィルジールだ。たとえそうでなくとも、彼女を他の者に触れさせるつもりなどなかった。

（やはり一番、量が確保できて簡単に試せるのは唾液か……。唾液……、どうやって摂取させるのだ？　アレか、アレしかないか？）

「ヴィ師匠、お願いします」

涙目で見つめられ、ヴィルジールの理性は風前の灯だった。

「……よかろう。苦情は受け付けぬからな」

ヴィルジールは覚悟を決めると、ルネの唇に己のそれを重ねた。柔らかな彼女の唇の感触に、身体の奥に炎が灯る。

（これは治療なのだ。下賤な欲望にかかずらっている場合ではない）

驚きに身体を強張らせる彼女の顎を捕らえ、更に口づけを深める。肝心なのは体液を摂取させること。それのみを念じて、ヴィルジールは彼女の口内を舌で探った。彼女の舌をなぞり、歯列を舐めると身体の奥に灯った情欲がうごめく。必死に己を抑え、唾液を与えることに専念しようとするが、なかなか難しい。

しかも、ルネはキスに慣れていないのだろう。息もままならない様子に愛しさがこみ上げる。

「ん……」

ルネの表情は驚き、そして怒りに変わるのをつぶさに観察しつつ、その中に嫌悪がないことにほっと安堵する。

顎を捕らえられて動けないルネは、精一杯の抵抗とばかりに首を振る。慣れない口づけに苦しそうにしている。だが、その瞬間をヴィルジールは待っていた。

「っや、……く、るし……」

口が大きく開いた瞬間を捉え、ヴィルジールは噛みつくように口づけを深めた。ゆっくりと執拗に舌を絡めていく。自分の口の中に唾液が溜まっているのがわかる。

強張っていたルネの身体から力が抜けた。

(今だ！)

ヴィルジールは唾液をルネの口へ注ぎ込んだ。

「んんーーー！」

こくりとルネの喉が動き、唾液を嚥下したことを確認する。

(この分量で足りるだろうか？　念のためもうすこし飲ませておくか)

ヴィルジールは自分に言い訳をすると、力の入らないルネの唇を再び奪う。抗うことに疲れたのだろうか、絡めた舌に応えてくれることはないが、ヴィルジールの舌が口の中を蹂躙しても、ぐったりとしたまま受け入れている。

ある程度溜まった唾液をルネの口に流し込むと、ヴィルジールは自制心を最大限に発揮して、彼女から離れた。

「どうだ、楽になったろう？」

口元を手で拭いながら、ヴィルジールは立ち上がった。

勢いよく起き上がったルネは、短時間で具合がよくなったことに驚いているようだった。

(よかった、唾液で症状が改善するということは、やはり魔力濃度の上昇が原因か……)

ルネに不調の原因を告げると、彼女は新しい知識に目を輝かせている。

だんだんとヴィルジールは心配になる。

異例の速さで学院を卒業してしまったルネの周囲には、同年代の友人がいない。両親も幼い頃に亡くしたということだから、男女の営みについての知識がほとんどないのではないかとヴィルジールは予想していた。

(おい、わかっているのか？　おそらく成長途中であるそなたの魔力はまだこれからも大きくなる。このままでは、唾液などでは対処できなくなるはずだ。しかも、いまの口づけも近しい男女でしか交わさぬものだとわかっているのか？)

まだ終わっていない仕事の準備をルネに言いつけて部屋を出ていかせると、ヴィルジールは大きなため息をついた。

「ルネ……」

このまま愛しい少女に触れて、自制心を保っていられる自信がない。

ヴィルジールは悩ましげな吐息を漏らした。

(愛している……。無理やり口づけたせいで嫌われた様子はなかったが、だからといって好かれているということもないだろう。ルネ……、そなたの心がほしい。どうしたらそなたは私を男としてみてくれる？)

ヴィルジールの苦悩は当分続きそうだった。

ルネの不調が唾液では抑えきれない状態にまで進行するのは、ヴィルジールの予想より早かった。

辺境の村での魔獣討伐を終え、ヴィルジールは王都の自宅へ戻った。

ルネは遠征先でも倒れており、もしも自分が不在時に倒れた場合、対処ができない。今すぐ命にかかわるほどの症状は現れていないが、魔力があまりに濃くなりすぎれば心臓を止めてしまうこともあり得る。そんな状態のルネを放っておけるはずもなく、ヴィルジールは渋るルネを説き伏せて自宅へと連れ帰った。

「おかえりなさいませ、旦那様」

長年家に仕えてくれている家令のロベールの出迎えを受ける。

ヴィルジールには魔術師としての仕事以外にも、一族の当主から領地に関する采配などを割り当てられている。ロベールは書斎に山積みとなっている書類の処理を促してきた。

ヴィルジールは一息つく暇もなく、山のように溜まった仕事の処理に追われることとなった。大方の目処(めど)が立ち、ロベールを書斎から下がらせる頃になって、ヴィルジールはようやくルネを放置していたことを思い出した。

（いかん。昼間の様子ではすでに限界を迎えていてもおかしくない）

ヴィルジールはいつもルネが使っている客室に足早で向かった。

客室の扉を開けた瞬間、廊下の明かりが窓際に倒れている人影を浮かび上がらせる。そうして、ヴィルジールが見つけたのはぐったりしたルネの姿だった。

「ルネ！」

（ああ、もっと気をつけているべきだったのに）

自己嫌悪にさいなまれつつ、急いで彼女のそばに駆け寄る。額に手を触れてみれば、やはり熱っぽい。動けないほどつらいのだろう。症状は確実に進んでいた。

（血液でもだめなら、残る手段は一つしかない）

「ルネ、わかっているな？」

「他に……、方法があるはずです」

ルネは気が進まない様子で答える。

（それほどまでに私に触れられたくないと……？）

ヴィルジールは理不尽な怒りがこみ上げるのを感じていた。

「ない。諦めろ」

「もう……、いいです。このまま捨て置いて……ください」

ルネの答えを耳にした瞬間、ヴィルジールの視界が赤く染まった気がした。

（捨て置けだと！　ふざけるな。どれほどそなたを慈しみ、周囲の障害を排除してきたと思っている。こんなところで見捨てるくらいならば、私が死んだ方がましだ。ルネを魔術師として育てることを諦めろと？　私を捨てて、私のもとから去ると？）

「ほう……私にそなたを見捨てろというのか？　ここまで目にかけ、手をかけて、ようやく使い物になる弟子になってきたところだというのに？」

怒りが突き抜け、口から飛び出す声は感情を失って平坦になる。

ヴィルジールはルネの意思を無視することを決めた。たとえそれで嫌われたとしても、彼女が苦しむことなど許せそうになかった。血液がだめならば精液を採取させるより他はない。

ヴィルジールは己が放った精を彼女に飲ませようと算段していたが、ここに来てその考えを捨てることにする。

(彼女が私を捨てるというのならば、無理やりにでもつなぎとめる)

床に伏しているルネを抱き上げ、寝台に運んでも彼女の抵抗はなかった。濃すぎる魔力のために動けなかったのだろうが、たとえ抵抗されたとしてもかまわなかった。

「これは治療だ。どうしても嫌ならば意識を奪ってやろう」

ヴィルジールは羞恥に目を瞑っているルネの耳元で、最後の慈悲をささやいた。

「……いいえ。このままで」

(ふ、よく言った。手加減無用ということだな。そなたが選んだのだ、この方法を。もっと楽な道もあったのだが……)

「初めてなのだろう？」

ルネの首がかすかに縦に振られる。

ヴィルジールは知りつつも確認せずにはいられなかった。彼女の初めての男性となることに暗い愉悦を覚えた。

　彼女が湯上りに用意されているローブを羽織っただけの姿であることに、ヴィルジールはようやく気づく。欲望の赴くまま、むちゃくちゃに抱いてしまいたいという気持ちを抑え、ゆっくりとローブをはだけさせる。あらわになった白い肌に誘われ、ヴィルジールはルネの胸の豊かなふくらみのあいだに手を這わせる。

「……っく」

　びくりと全身を震わせるルネに、思わず笑みが浮かんだ。

（敏感なのだな。ああ、どこもかしこも美しい）

　ヴィルジールは夢中になって彼女の身体に手を這わせた。どこに触れればより強い反応を返すのか、その場所を暴いていくことが楽しくて仕方がない。

　わざと胸の頂には触れずに、その周囲を焦らすようになぞると、ルネは大きな声を上げた。

「っあぁぁ！」

　恥ずかしかったのだろう。ルネは手を口に当てて塞いでいる。

（どれほど触れたかったか、そなたは知らぬだろう？　私の欲望の深さを思い知るがいい）

　お腹からゆっくりと脚に向かって手を這わせる。そのすべらかな肌の感触に、ヴィルジールの欲望が張り詰めていく。

　太ももの白い肌は柔らかく、いつまでも触れていたくなるほど心地よい。その白い肌に自分の痕を刻みつけたい。

ヴィルジールは唇を寄せると、強く太ももの内側を吸い上げた。

ルネの息を呑んだ気配に顔を上げれば、信じられないと言いたげに、目をこれでもかと見開いている。

ヴィルジールはわざとゆっくり肌の上に咲かせたうっ血の痕を舌でなぞった。

(そなたを抱くのは私だ)

「……っあ。ヴィ師匠、そんなのやめて……。もう、いいから……」

(それほどまでに私を嫌うのか？　だとしても、もう言うことを聞く気はない)

瞳を潤ませ、抵抗するルネに残酷な気持ちがこみ上げる。

「そなたの意見は聞かぬと言った。それにほぐさねばつらい思いをするのはそなただけではない」

「……はい」

諦めたようなルネの声に、苛立ちが募る。

(こんなふうに抱きたかったわけではないのに……)

それでも、ここでやめるという選択肢だけはなかった。

くまなく全身に触れ、十分にとろけたと判断したヴィルジールは、ようやく彼女の秘所に指を伸ばした。しっとりと濡れた叢(くさむら)をかき分けると、シーツの色を変えるほどたっぷりと蜜をあふれさせている。

(少なくとも快感は得られているようだな。それだけが救いか……)

そのまま指を花びらのあいだに這わせつつ、ヴィルジールはルネの表情をうかがった。

「あ……あ！」

大きく目を見開いたかと思うと、突然ぎゅっとしがみついてくる。

「……こわい」

幼子のようなルネのしぐさに、ヴィルジールの胸は高鳴った。

「大丈夫だ……」

ルネをなだめつつも、ヴィルジールは彼女の内部に指をうずめた。

「ひぅ……」

彼女は鋭く息を吸い込み、全身を硬直させている。

「ルネ、力を抜け」

ルネの目には涙があふれていた。

（かわいそうだが、ここでやめるわけにはいかぬ）

せめて快楽でまぎらわせているうちにと、ヴィルジールはルネの胸の頂を強く吸った。すでに芯を持って突き出すようになっていた頂を舌で押しつぶす。口の中で転がせば、彼女はうち震え、背筋をしならせて反応を返してくる。

（そうだ、そのまま感じていればよい）

舌でルネの胸を堪能しつつ、蜜壷を探る指を増やしても、彼女の身体が強張ることはなかった。

「あ……ぁ」

あふれる蜜が淫靡（いんび）な水音を立てる。

「ヴィ師匠……、もう……」

切羽詰ったようなルネの懇願に、欲望がいっそう張り詰める。だが、彼女の感じている快感はまだ悦楽の極みにはたどり着いていない。このままでは痛みが勝ってしまうだろう。

「まだだ」

ヴィルジールは花びらの奥に隠された蕾に、更なる刺激を加えた。

「ひぅ！　ん……あぁ！」

ルネは艶やかな声と共に背中をしならせ、蜜壷に含んだヴィルジールの指を断続的に締めつけた。

ぴんと張り詰めたつま先が、頂点に達したことを知らせる。

「はぁっ……ぁ、はぁっ……」

ルネは息を荒げ、快感に震えていたが、ヴィルジールは再び指を動かした。

「ヴィ師匠、やだっ……もう、おかしく……なるっ……」

「おかしくなればいい。でなければ、この先に進むことなどできない」

(どれほど泣いても、やめぬ。私の腕の中でもっと感じて、乱れるがいい。そうして、私から二度と離れようと思わぬように、刻み込んでやろう)

「っあ……、やぁ……」

ヴィルジールはルネをもう一度極めさせてから、身に着けていたものを脱ぎ捨てた。

自分でもあきれるほどに反り返った剛直に、ヴィルジールは苦笑した。彼女の腰を掴んで、秘所に猛った楔をあて、ゆっくりとルネを貫いていく。

「……っあアアア」

みしみしと音がしそうなほど狭く、締めつけられる感触ははっきり言って痛い。けれど、こんな痛みなど彼女の痛みに比べればたいしたものではないはずだ。

「……すまぬ」

極力痛みを与えぬよう、ヴィルジールは慎重に腰を進めた。

「……入った」

（ああ、つながっている。すくなくとも私はそなたの初めての男だ。忘れさせてなどやらぬ）

つながったままルネの内部の傷を魔術で癒すと、ヴィルジールはゆるゆると腰を動かした。

「あ……ぁ」

癒したことで、強すぎるほど締めつけていた内部はゆるりとほぐれ、ヴィルジールを受け入れ始めていた。抽送（ちゅうそう）のたびに、ルネの上げる声は艶を含み始める。

（ああ、私も気持ちがいい。そろそろ限界だっ！）

ヴィルジールは彼女の足首を掴んで引き寄せると、より深く彼女を貫いた。腰から背筋を駆け上がった快楽に身をゆだね、彼女の内部に精と共に魔力を放つ。

「ひぁぁぁ」

悲鳴を上げ、自分の身体を抱きしめるルネの様子が、すこし落ち着くのを待って問いかける。

「ルネ……どうだ。成功したのか？」

ルネの内部はヴィルジールの剛直を何度も締めつけている。このままではすぐに再び張り詰めてしまいそうだった。うなずくルネに名残惜しさを感じながらも、ヴィルジールはしぶしぶ楔を引き抜いた。

「もう……大丈夫です」

身体さえ動けば逃げ出してしまいそうなルネの様子に、ヴィルジールの胸は痛んだ。

（たとえ嫌だとしても、もう逃がさない。そなたが私を捨てることを選んだときから、道は定められてしまったのだから）

引き返せぬ道

「ヴィルジール？」

怪訝そうな問いかけに、ヴィルジールは慌てて目の前に意識を集中させた。

「すみません、叔父上。今なんと？」

ヴィルジールが遠征について、上司である主席魔術師に報告している最中に、昨夜のことを考えてしまいぼうっとしてしまったようだ。

椅子に座って報告を受けていたアンリは、あきれ気味にヴィルジールを見上げた。

職務中にぼうっとするなど、これまでのヴィルジールの行動からはあり得なかった。甥が調子をおかしくするのは、決まって彼の愛弟子が関係するときだと、アンリはこれまでの経験から想像がついた。

嘆息すると、ちらりと見かけたルネの姿を思い出して質問を変えることにする。

「もういい。ところで、そなたついに弟子に手を出したのか？」

「……っ、どうしてそれをご存知なのですか？」

ヴィルジールは一瞬息を詰まらせた後、叔父に詰め寄った。

「そんなもの、そなたのぼうっとのぼせた様子と、あの子が急に色っぽくなった様子を結びつけて考えれば、答えは自ずと知れよう？」

ずっと甥の初恋を見守ってきただけに、ついに想いを交わしたのだとすれば喜ばしいことだとアンリは頬を緩めた。

「……そうですか」

しかし、予想に反してヴィルジールは浮かない様子をしている。本当に珍しい甥の姿に、アンリは首を傾げた。

「どうした？　初恋が叶って、もっと浮かれていると思ったのだが、その様子だと違うのか？」

「アレは……ただの治療です」

顔を上げたヴィルジールの目は冷たく凍りついていた。

「どういうことだ？」

アンリは真剣な眼差しで甥を見据えた。

「叔父上は成長期に見られる魔力の急激な増加に伴う魔力過多の症状をご存知でしょうか？」

「ああ、いくつか症例についての報告書を読んだことがある。……まさか彼女も？」

学院を管理する者として報告を受ける中で、時折見られる症状にアンリは思い当たった。

「はい。ルネは魔力濃度の急激な上昇に身体が耐えられず、意識が朦朧(もうろう)としていました。唾液と血による治療もすでに効果がなくなっていたので、やむなく抱きました」

ヴィルジールは感情を極力交えないよう努めて平静を装った。

(嘘だ。決してやむなくではなかった。他に方法があったかも知れない。だが、私はそれを口実として、ルネを自分のものとしたかったのだ)

「……そう、か」

アンリは甥の浮かない様子に、互いに望んで身体を交えたのではないと気づき、なんと声をかければよいのかわからず沈黙した。

（あの子もヴィルジールのことを好いているように見えたがな……。他人があれこれ口を出しても上手くいくものでもないだろう。もうちょっと様子を見るか……）

アンリは、叔父としてヴィルジールの恋の行方をもうすこし静観することを決める。

「まあいい。話は変わるが、そなたに伝えておくことがある」

アンリの雰囲気が公人のものに切り替わったことに気づき、ヴィルジールも顔を引きしめて叔父に向き直った。

「先日、陛下から内示をお受けした。およそ半年後、引退される現宰相の地位を引き継いでもらいたいと仰せになったので、私はこれを承諾した」

「おめでとうございます」

叔父ならばいずれ彼の能力に相応しい地位に上り詰めると思っていたヴィルジールは、素直に祝いの言葉を述べる。

「うむ。となると、主席魔術師の席が空く。私はそなたを陛下に推薦しておいた。いずれ内示があるだろう」

叔父の口から飛び出た言葉に、ヴィルジールは動揺した。

「叔父上！　お待ちください。私は……」

「そなたが弟子を迎えるためだけに今の地位を求めたことは私が一番良く知っている。そうでもなければ、一生を研究に捧げ、地位とは縁遠いところで過ごしていただろう。だが、今の魔術師の中に、そなた以上に知識と実力を持つ者はいないと断言できる。決して身贔屓(みびいき)ではない」

「ですが！」

不服を唱えようとするヴィルジールを、アンリは視線で黙らせる。

「そなたならばできる。私を失望させるな」

「承知……しました」

ヴィルジールはうなずくほかなかった。

たとえ主席魔術師の地位を手に入れても、ルネの心を手にすることなどできはしない。

ヴィルジールはルネを抱いたあと、明け方までずっと彼女を腕に抱いて眠った。けれど、目覚めたときには、すでに彼女の姿は腕の中から消えていた。

慌てて家令のロベールに問いただせば、すでに登城したという。職場で顔を合わせたときには、昨夜のことなどなかったかのように振る舞うルネに、ヴィルジールはますます落ち込んだ。

（それほどまでに私と過ごしたくないというのか……。ルネにとってあの行為は治療でしかないのか）

いずれルネの魔力の成長が落ち着けば、治療は必要なくなるだろう。それまでは、このまま師匠と弟子の関係を続けるほかない。

ヴィルジールは胸の痛みに目を閉じた。

――これは罰。彼女に想いを告げることなく、卑怯（ひきょう）な手段で彼女を抱いた罪に対する罰なのだ。

雌伏のとき

それからもヴィルジールは何度かルネを治療と称して抱いた。

あくまでこの行為が治療であると自らに言い聞かせるために、必ず背後から抱くようにした。

彼女を追い求める恋情を映した表情を見られたくなかった。たとえルネに恋愛感情がなかったとしても、師匠が求めるならば己の心を殺してでもルネは応えようとするだろう。そして、なによりも自分を恋わない彼女の目を見たくなかったのだ。

そうして、今日もヴィルジールはルネを抱く。

勤務時間の終わりを告げる六の鐘が王城の尖塔(せんとう)の先で鳴り響いた。

ヴィルジールは伝書魔術で執務室にルネを呼びつける。

やがて彼女はすこし疲れた様子で執務室に現れた。

「ヴィ師匠、なんの御用でしょう?」

彼女が部屋に足を踏み入れるのを確認し、ヴィルジールは魔術を使って扉に鍵をかけた。

魔力を感じ取ったルネは身体をびくりと強張らせた。

「窓の方を向いて、手をつけ」

ルネはぎゅっと目を瞑り、諦めのため息をついて、ヴィルジールの指示に従った。

「ルネ……、下着を降ろせ」

首だけを動かして振り向いたルネは、ヴィルジールの真剣な目を見て諦めたようにローブの下で下着を脱ぐと、床に落とした。

ヴィルジールは彼女に近づき、そっとうしろから抱きしめた。藍色のローブの上から胸に触れると、彼女は切なげなため息をこぼした。

ローブをめくり上げると、裾から手を侵入させ、彼女の秘められた部分に手を伸ばす。

さほど触れていないにもかかわらず、そこはぬるりと蜜にまみれていた。

「濡れているな」

事実を告げると、ルネは羞恥に身体を震わせ、耳を赤く染める。

(かわいらしいことだ)

ヴィルジールは思わずその赤くなった耳朶に噛みついた。柔らかな肉をそっと食み、口の中で転がせば、身体を震わせ、襞のあいだに蜜をあふれさせる。

「このまま慣らさずとも、入りそうだ」

「……っ」

ルネは恥じらいに身を染め、唇を噛みしめている。

心とは関係なく、彼女の身体はこの先にある快楽の予兆を感じ取っているのだろう。

襞をかき分け花弁の奥に指を沈ませると、やはり、その場所はすでにほぐれ、ヴィルジールの訪れを待ち望んでいる。

ヴィルジールの唇が笑みの形に歪んだ。

「入れる」

ローブの前をたくし上げ、痛いほどに張り詰めた昂ぶりを解放する。

ルネの腰を高く掲げさせ、ヴィルジールは背後から彼女を貫いた。

「っああ……」

押し殺した声がルネの口から漏れる。

突き入れた剛直がルネの内部に柔らかく包まれた。腰が溶けてしまいそうなほどの快楽に浸る。

ぴったりと隙間なくつながるこの瞬間だけはルネが自分のものだと錯覚してしまう。

(好きだ……、ルネ。どうしようもなく、そなたが愛おしい)

ヴィルジールはゆっくりと剛直を引き抜き、その感触に腰を震わせる。すぐに突っ込んでしまいたい衝動を抑え、ゆるゆると彼女を突き上げる。

「っ、ん……」

ルネはいつも声を漏らさぬように、歯を食いしばっている。

ヴィルジールはどうにかして、彼女が声を我慢できないほど快楽に酔わせたいと願ってしまう。

ルネはなかなか強情で、今のところその願いは叶っていない。それでも彼女の反応から、回を重ねるごとに、彼女が快感を拾いやすくなっていくのがわかった。

(今だけは、私のものだ。私の!)

ヴィルジールはルネに見つからぬようにうなじを吸い上げていくつもの華を散らした。

華奢な背をしならせ、快楽に震えるルネを抱きしめる。

（ルネ……、ルネ！）

自分のものにならないのならば、いっそ壊してしまいたいという凶悪な衝動がヴィルジールを襲う。

「ルネ……」

耳元で彼女の名を呼んだ。その瞬間、きゅっと内部が締めつけられ、快楽に腰が溶けそうになる。己の限界が近いことを感じ取ったヴィルジールは、抽送の速度を上げた。

「もうすこし……耐えよ」

「は……い……っ」

健気な彼女の姿にどうしようもなく愛しさが募る。

ヴィルジールはあらわになっている白いうなじに誘われ、噛みついた。

「つふ、あぁ……」

こらえきれずに漏らしたルネの声に、ヴィルジールは快楽の頂点へ導かれる。

折れそうに細い彼女の腰を強く掴み、ヴィルジールは己の腰を強く打ちつけた。どくりどくりと白濁と共に、治療のための魔力を放出する。吐き出された魔力は彼女の内部を駆け巡った。

ヴィルジールは力を失った楔を彼女から引き抜く。

途端に、崩れ落ちそうになったルネの身体をすくい上げると、ヴィルジールは彼女を抱きかかえたまま長椅子の上に身を横たえた。

全身を巡る魔力に意識が耐えきれないのだろう。いつものようにルネは意識を飛ばしてしまっている。

ヴィルジールは汗ばんで顔に張りついている彼女の髪をそっとかき分けて整えた。こめかみに唇を落とし、何度も口づけを落とす。

念のため首筋に手を這わせて魔力の流れと濃さを調べると、通常の状態に戻っているようだった。

こうして治療として精を与えるのも、あとわずかで終わる予感がする。

ヴィルジールはそのときが来るのを恐れつつも、期待していた。

(そのときにはこの想いを告げ、ルネのすべてを手に入れる)

昇り始めた窓の月を見上げて、ヴィルジールは目を細めた。

嵐の章

月夜に朧雲（おぼろぐも）

その日、ルネは国王の地方視察の警備計画書を手に、騎士棟を訪れていた。

毎年、国王は避暑を兼ねて北部地域を視察に向かう。ヴィルジールが主席魔術師となったことで警備の責任者となり、ルネはその打ち合わせのために騎士棟を訪ねたのだ。

ヴィルジールの仕事が忙しくなったこともあり、最近はルネひとりで仕事を任されることが増えている。すこしずつではあるが、周囲にも認められてきている手応えをルネは感じていた。

顔見知りとなった門衛に魔術師の礼をして、ルネは騎士棟の門をくぐった。

「魔術師ルネ、参りました」

なじみとなった道をたどり、ルネは団長室の扉をノックした。

「どうぞ」

扉を開けた瞬間、鮮やかな青色の瞳がルネを射貫いた。

強い視線に戸惑いつつ、ルネは団長に警備計画書を差し出す。

「警備計画書をお持ちしました。ご確認いただき、署名をお願いいたします」

「ああ、そんな時期か……」

ジスランはルネの手から書類を受け取る。

以前ルネとヴィルジールが遠征任務でこの場所を初めて訪れたとき、副団長だったジスランは団長に昇進していた。異例の若さでの昇進を恨まれているのか、彼には国王の落とし胤ではないかという噂がある。

けれど、ジスランと一緒に任務をこなしたことがあるルネは、彼の実力だと知っていた。すぐれた剣技も尊敬に値するが、なにより人を引き寄せる魅力が彼にはある。自分にはヴィルジールという得難い師があるが、彼を団長として戴く騎士団もまた、働き甲斐のある職場ではないだろうかと思うのだ。

ふと視線を感じて目を上げると、ジスランが柔らかく頬を緩ませていた。仕事中に彼がよく見せる厳しい顔つきとは打って変わり、その目は優しく細められている。

（あら、ジスラン様がこんな顔をなさるなんて珍しい……）

「なにかいいことでもあったのでしょうか？」

「うーん、どうだろう？　私にとってはよいことなのだが、皆にとってよいことかと言われると、ね……」

ジスランは無邪気ともいえる笑みをルネに向けた。

「なんだか意味深ですね」

仕事でよくお世話になっていることもあるが、時折こうして親しく話しかけてくれるので、ルネは彼に親しみを感じていた。

「ところで、ルネ殿は離宮の夜会には参加しないのかい？」

ルネは夜会という自分には縁遠い言葉に戸惑った。

国王の地方視察の折には、各地で王を歓迎する夜会が開かれる。楽団が呼ばれ、音楽を奏でながら、食事を摘まむ貴族たちの社交の場となっている。その中でも国王の離宮で行われるものは、最も規模が大きく華やかだ。

警備のために配置される魔術師も古参の者が多く、下っ端のルネは参加どころか夜会を目にしたこともない。

(憧れないとは言えないけど、私には関係のない話だしな……)

煌(きら)びやかな世界になんとなく憧れめいたものはあるが、ルネは自分には関係のないものだと割り切っていた。

「夜会……ですか？　私は平民ですから、そもそもそのような場には相応しくありません」

「なんと！　もしや、ルネ殿は夜会に参加されたことがないのだろうか？」

ジスランは目を瞠り、席を立ち、ルネの前に移動してくる。

「はい。資格がありませんから」

「だが今年の地方視察には、ルネ殿も同行すると聞いている」

「はい。そのように聞いております」

ヴィルジールは王の留守を預かる宰相の君にいろいろと仕事を言いつけられたので、王都を離れることができないと言っていた。自分の代わりに主席魔術師の腹心として王を守れと命じられれば、ルネはうなずくしかない。

「もちろん私も警備の責任者として同行する。ルネ殿も警備要員として忙しいだろうが、離宮の夜会だけは私の相手(パートナー)として参加してもらえないだろうか？」

（相手(パートナー)って、あの相手(パートナー)だよね？　どうして私なんかを誘うんだろう？　意味がわからない）

「えっと……、ジスラン様、それはなにか特別な任務でもあるのでしょうか？」

「ふぅん、なるほど。そう来たか……」

ジスランは小さくつぶやくと、ルネの手を取った。思いもかけない接触にルネの胸はどくりと跳ねた。

「実は、結婚をしきりに催促されていてね。困っているんだ」

本当に困りきった様子で顔をしかめているジスランに、ルネは首を傾げた。

「ジスラン様のような方なら、結婚したいと名乗りを上げる女性は多いのではないですか？」

「まあ、そうではないとは言わないが……私は当分結婚するつもりはないんだ。責任ある地位についたばかりで、仕事に打ち込みたいというのもあるし、気になっている女性もいることだし……ね」

ジスランはルネに向かって、ウィンクして見せる。

「はあ……」

どうしてそこに意中の女性の話が出てくるのか、ルネにはわからなかったが、とりあえず相槌(あいづち)を打っておく。

「だけど陛下から離宮の夜会に参加を命じられてしまっては、参加しないわけにもいかないだろう？　かといって離宮にまで一緒に来てくれるような相手(パートナー)もいないし……。もし、ルネ殿が私の恋人のふりをして、夜会の相手になってくれれば、陛下の命令にもちゃんと応えられるし、余計な女性の相手もしなくて済むから、非常に助かるんだ。どうだろう？」

ジスランは期待を込めた眼差しでルネを見つめている。

(なるほど、平民である私なら本当の相手ではなくても周囲から非難されることもないでしょうしね。まさか、ジスラン様が平民を相手にするなんて思わないもの……。これくらいのことでいつもお世話になっているジスラン様のお役に立てるのなら、いいんじゃない？)

瞬時に思いめぐらせ、ルネは快く承知する。

「わかりました。そういう事情であればお相手を務めさせていただきます」

「ありがとう！　すごく助かる」

ジスランの瞳が鮮やかに煌めいた。

嬉しそうなジスランの様子に、ルネもつられて笑みを浮かべる。

「もちろん、ドレスとか宝飾品とかは全部こちらで準備するから心配しなくていいよ」

「ド、ドレスですか？」

(夜会に出るのにそんなに準備が必要なの？)

ルネの顔が引きつっていることに気づいたジスランは苦笑した。

「仕方がないさ、王の御前だからね。私は騎士の正装で問題ないが、女性はそういうわけにもいかないだろう？」

(そういうものなの？)

ルネはなんとなくジスランの勢いに呑まれてうなずく。

「よかった。では、なじみの仕立屋にルネ殿のことを話しておくよ。なるべく早めに仕立ててもらわないと。視察まであまり時間もないことだしね」

「そう……ですね」

ルネはそっと手を引いてジスランから取り戻そうとした。けれど、手を離してはくれない。

「次の休みの日を教えてほしい。仕立屋に準備させるから」

「えっと、確か……あさってだったかと」

「わかった。手配しておくよ」

恋人のように振る舞うのはあくまでふりでしかないはずなのに、うっとりと目を細めてこちらを見つめるジスランの表情に、ルネはどぎまぎしながらうなずく。

「じゃあ、契約成立、だな」

ふと、ジスランの顔が降りてきていることに気づいてうろたえる。

（うそ！　キスされ……る？）

ルネのおびえに気づいたジスランは、目標を変更してルネの額に唇を落とした。

「あ……」

「おびえなくていい。無理強いするつもりはない」

「ごめんなさい」

「まあ、追々慣れてもらうさ」

　恋人のふりをするならば、それらしく見えるように触れ合わなければならないことに気づいたルネは、彼の願いにうなずいてしまったことを早くも後悔し始めた。

　ジスランから仕立屋に顔を出してほしいという連絡を受けたルネは、指定された城下の店に足を運んだ。

　指定された時間まではすこし間があるはずだが、ジスランはすでに店の前で待っていた。

　いつもの見慣れた騎士団のマントに身を包んだ姿ではなく、深い青色のチュニックに暗い色合いのズボンを身に着けている。

「やあ、ルネ殿。ローブ以外の姿を見るのは初めてだね。とても素敵だ」

　素直な賞賛の視線を送られたルネは、かすかに頬を染めた。

(さすがに仕事中と同じ服装というわけにはいかないし……)

　ルネは数少ない私服の中から、かわいらしい服を選んでいた。普段の休日でも色は違えどローブで過ごすことが多いので、こんな風にドレスを着ているのは非常に珍しかった。

「お世辞はいいですから。さっさとドレスを選んでしまいましょう？」

「ルネ殿は本当につれないね」

　そう言うと、ジスランは店の扉を開けた。

ルネはジスランのうしろに続いて、ドキドキしながら店の中に足を踏み入れた。

店内には色とりどりの夜会用のドレスから、普段使いのドレスまでが所狭しと並んでいる。

普段の自分には縁のないドレスの数々に、ルネは興奮しつつも気後れを隠せずにいた。

「これは、ジスラン様。お待ちしておりました」

すぐに店主が応対に現れる。

「マダム、彼女に似合うドレスを見繕ってくれ」

「こちらの方がジスラン様のお相手ですか？」

店主は妖艶な笑みを浮かべながらルネを見つめた。

「店主のセリーナと申します。どうぞご贔屓に」

「魔術師のルネです」

ルネはセリーナの迫力に気押されながら、おずおずと挨拶する。

「ルネ様ですね。ようこそいらっしゃいました。ジスラン様、ご要望はありますの？」

「ルネ殿が気に入ってくれるならばそれでいい。ただ、王の御前に見えることになる。それなりのものを頼む」

「まあ、国王陛下に！　それは腕が鳴りますわ」

「さあ、ルネ様はこちらへ。ジスラン様はこちらでお待ちくださいませ」

ルネはセリーナに通された着替えのための個室を示された。

「あまり派手すぎないものでお願いします」

「もちろんです。このセリーナにお任せくださいませ」

いくつかドレスを試着したあとで、ルネはあまりごてごてとした飾りの少ない物を選び出した。

「ルネ様のようなお若い方でしたら、あまり飾りは必要ありませんもの。では、ジスラン様をお呼びいたしますね」

「はい」

ルネのドレスを確認するために個室に通されたジスランは、ルネのドレス姿に目を瞠った。

「これは……、いいね」

「大丈夫ですか？　ジスラン様の隣に並んでも、見苦しくないですか？」

あまり彼の隣に並んだときに見劣りするようでは、ふりとはいえ恋人だと周囲に思わせるには説得力に欠ける気がして、ルネはジスランに確かめた。

「予想以上だよ。安心していい」

「よかった……」

ルネは、きちんとジスランの願いを叶えられそうなことにほっとする。

「では、こちらのドレスでよろしいですね。すこし手直しをして、ルネ様のところへお持ちいたしますね」

「はい、お願いします」

ルネが着替えを終えて、ジスランの待つソファへ戻ると、彼はお茶を飲みながらのんびりとくつろいでいた。

「ありがとうございました。お支払いはどのようにすればいいでしょうか？」

「ドレスは私が準備すると言っただろう？　相手（パートナー）になってほしいと頼んだのはこちらの方なのだから、気にしないでほしい」

「でも……」

すこし高い買い物だが、ドレスはこの先着る機会もあるかもしれない。本当の恋人でもないのに、ジスランに支払わせるのはためらわれた。

「どのみちもう支払いは済んでいる」

「それじゃあ……、甘えさせていただきます」

「私が無理を押して頼んだのだから、気にしなくていい。恋人に贈るのだから、それなりのものでなければ周囲を納得させられないし……ね」

ジスランは笑みを浮かべると、ルネに片目を瞑って見せた。

(ジスラン様、あくまで恋人はふりですよね？　もうっ。マダムが見ているから言えないですけど……)

無邪気に笑うジスランに、ルネはそれ以上の抵抗を諦めた。

マダムの店を出たルネは、もう一度ジスランに礼を述べた。

「では、ありがたく使わせて頂きますね。当日はきちんとジスラン様を望まぬ縁談から守る盾として役目を果たさせていただきますので。あ、でもちゃんと気になる方がいらっしゃったら教えてくださいね」

「ふふ……、わかったよ。ルネ殿以上の女性は見つけられそうにないが」

ジスランの言葉はお世辞だとわかっていても、ルネの胸をときめかせた。

「ありがとうございます」

「どういたしまして。それより、ずっと試着ばかりで疲れただろう？　一緒に夕食でもどうだい？」

「ええっと……」

これまで一緒に仕事をすることはあっても、個人的にジスランと一緒に過ごしたことのないルネは戸惑った。

「友人として、一緒に食事をするくらいは構わないだろう？　それに、恋人のふりをするなら、もうすこし互いのことを知っておいた方がいいと思う。それとも、食事をするには上司の許可が必要かな？」

「ふふっ、一緒に食事をするのにヴィ師匠の許可は要りませんね。では、行きましょう」

彼がルネを連れていったのはあまり格式ばった店ではなく、ルネも緊張せずにゆったりと過ごすことができた。

食事は豪華な食材を使ったものではないが、素材本来の味が生かされている。見た目も美しく、ルネは舌鼓を打った。

職場での噂話や、とある文官の秘密話などで会話も盛り上がり、思いがけずルネはジスランとの食事を楽しむことができたのだった。

暁の叢雲(そううん)

　ルネとジスランが夜会のための準備を進めている頃、ヴィルジールの姿は王宮の政務棟にあった。宰相である叔父アンリの呼び出しに応じたヴィルジールは、宰相の執務室の扉をたたく。

「どういった御用でしょうか、宰相？」

「ヴィルジール、遅い！」

「これでも急いだのです」

　いきなり咎(とが)められ、ヴィルジールの機嫌は急降下をたどる。

　だが、よくよく思い返してみれば叔父に指定された時刻は三の鐘ではなかっただろうか？　そう思ったとき、王城の鐘が三つ鳴り響いた。

　ヴィルジールは思わずもの問いたげな視線をアンリに向けた。

「約束の時間に遅れたと咎めているわけではない！」

　アンリはぷりぷりと怒っていた。

「このヘタレ。そなたがぐずぐずしているから、かわいい愛弟子が、王族に目をつけられてしまうことになるんだ」

「は？」

　ヴィルジールは目を点にした。

「だ・か・ら！　そなたがもっときちんとルネを婚約なりなんなりと、手順を踏んで捕まえておかないから、ジスラン騎士団長がルネを……」

アンリは次第に変わるヴィルジールの表情に言葉を失った。

「ルネがなんです？」

ヴィルジールは悪鬼のごとくの形相で、騎士棟のある方向を睨んでいる。アンリはその様子に少々おびえつつ答えを返した。

「ジスラン団長から申請があった。離宮での夜会の相手(パートナー)としてルネを参加させるとな」

警備の都合上、王が参加する夜会にはあらかじめ出席者を把握しておくため、招待を受けた者は相手(パートナー)を申請することになっている。

「……」

苦虫を噛み潰したような表情で、言葉を発さないヴィルジールにアンリが続けた。

「ジスラン団長は王の庶子だ。陛下のご意向によって、王族として遇されることはないが、なにかと目をかけておいでだ。彼が本気でルネを求めるのであれば、逆らうことなど……」

「叔父上」

ヴィルジールはアンリの言葉をさえぎった。笑顔を見せているがその背後には殺しきれなかった怒気が覗いている。

「王の地方視察のあいだ、主席魔術師にめいっぱい仕事を割り振ってくださったのは、どなたでしょう？」

「私だ」

「おかげで弟子と一緒に過ごす時間を奪われた、哀れな師匠は誰でしょうね？」

「そなただな……」

「では、かわいい甥のために喜んで協力できますよね」

「……うむ」

アンリはどこか納得できない思いで、ゆるゆると首を縦に振った。

「あ、あとだな、非常に言いにくいのだが、どちらかというとこちらが本題なのだ」

そもそも甥を呼び出した用件を思い出したアンリは、ものすごくうしろめたそうな顔をした。

「そなたに縁談が……」

「はぁ？」

ヴィルジールは表情を取り繕うことを諦めた。

「今更のこのこと……。どこの馬鹿ですか？」

「公爵家だ。そなたがほしくなったのだろう。主席魔術師となるだけの力量を持つならば、伴侶に相応しいと……な」

バルト王国においては、王族が臣籍に降下して叙せられる公爵を筆頭として、侯爵、伯爵、子爵、男爵、騎士が貴族として名を連ねている。伯爵までが上級貴族とされ、子爵、男爵は下級貴族となる。また、騎士は一代限りの爵位となっている。

ヴィルジールの一族の当主アンリは侯爵に叙せられているが、それを受け継ぐべき子をもうけていない。アンリは侯爵の腹心であることを示す子爵の位をヴィルジールに与え、いずれは彼を後継者とするつもりでいる。ヴィルジール自身は爵位を望まないことは容易に想像がつくが、ルネとの婚姻を後押しするための条件だと言えば、うなずいてくれるに違いない。

しかし、ここにきて公爵からの縁談となると、侯爵でしかないアンリにはなかなか断りづらい。

「主席魔術師を引き受ける条件として、ルネ以外を娶るつもりはないとはっきり申し上げましたよね、叔父上?」

「う、うん。ソウデスネ……」

辣腕と評判の宰相も、完全にキレてしまった甥の前には無力だった。

「はあ……まったく、いらぬ手間を掛けてくれる」

ヴィルジールは大きくため息をつくと、前髪を乱暴にかき上げた。

「まとめて片づけてしまいましょうね、叔父上」

「……そうだな」

(ああ、またどこかの家が潰れることにならなければよいが……)

やる気になったヴィルジールを止める術を持たぬアンリは、しばらく胃薬と友達になることを覚悟した。

宵の黒風

「明日から、地方視察だったな」

「はい、ヴィ師匠」

六の鐘が鳴り、ルネが机の上の書類をそろえて片づけていると、奥の執務室からヴィルジールが現れた。

鮮やかな茜色の夕日が部屋に差し込み、ヴィルジールの太陽の髪をいっそう輝かせている。

ルネは彼の姿を目に焼きつけようとするかのごとく、熱心に見つめた。

王の視察に同行する十日ほどのあいだ、ルネはヴィルジールとしばらく離れて過ごすことになる。

(こんなに長いあいだ、ヴィ師匠と離れて過ごすのって、初めてかもしれない……。師匠の姿が見られないなんて、寂しい……)

師匠の庇護（ひご）もなく、同僚たちと一緒に仕事をするのも初めてで、ルネの不安は募る。

「いろいろと大変なこともあるだろうが、そなたならば無事やり遂げられると信じている」

「はい。ヴィ師匠の弟子として恥ずかしくないよう、頑張ります」

けれどルネの心は任務に対する不安よりも、大きな懸念で占められていた。それは昼間、食堂で耳にした同僚の噂話のせいだった。

『主席魔術師殿がとうとう結婚するらしいな』

『ああ、俺も聞いた。公爵家のお姫様だろ？』

同僚たちの会話を偶然耳にしたルネは呼吸を忘れた。

（本当なの？）

それからどうやって執務室に戻ってきたのかわからない。気づいたときには六の鐘が鳴り、今日の仕事の終わりを告げていた。

（やっぱり、噂は本当なんだろうか？　とうとうこの日が来てしまった？）

「どうした？」

ルネの浮かない顔を不審に思ったヴィルジールは、彼女の顔を覗き込んだ。

「あ、あの……、ヴィ師匠」

ルネは噂の真偽を確かめたいという気持ちと、それが本当であったら、という不安の狭間で迷っていた。しばしの逡巡ののち、ルネは意を決して質問を口に上らせた。

「あの、公爵家のお姫様と……婚約するというのは、本当でしょうか？」

ルネは祈るような思いで、ヴィルジールの返事を待った。

「ああ、そなたまでそんな噂が広がっているのか……。確かに公爵家からの縁談の申し込みはあった」

（うそ……！）

ルネは衝撃を受けずにはいられなかった。わかっていたつもりだったが、それはつもりでしかなかったのだと悟る。

（ああ、やっぱり……。だけど確かヴィ師匠には婚約者がいるって……）

「でもっ、ヴィ師匠は婚約していらっしゃったのでは……」

「いいや、今まですべての縁談を断っている。私には婚約者はいない。……ルネが個人的なことを聞いてくるとは、珍しいな」

「いえ……、お昼に食堂でみんなが噂をしていたので……」

「ふうむ。そんなところで噂になっているのか。いずれ結婚したいとは思っているが、今すぐにとはいかぬ」

（やっぱり公爵家のお姫様と……結婚するんだ……）

ルネはヴィルジールとまだ見ぬ婚約者が抱き合っているところを想像して、血の気が引いた。いつかはそんな日が来ることをわかっていたのに、いざ本当のこととなると、胸の一部にぽっかりと穴が空いたような喪失感に襲われる。

（いやだ……、どうして？　ヴィ師匠……）

大声で泣き叫んでしまえればどれほど楽なことだろう。けれど、ただの弟子でしかない自分にはそんな権利さえない。弟子として、ここまで自分を育ててくれたヴィルジールに、これ以上迷惑をかけるわけにはいかない。

ルネはあふれそうになる涙を必死にこらえた。

「いずれにせよルネが一人前になるまでは……結婚しない」

（ああ！　私が師匠の結婚の邪魔をしていたの？　もう……私には想うことさえ許されない！）

こみ上げる涙を抑えきれずに、ルネの頬を涙が一筋伝った。

「ルネ、どうした？　身体がつらいのか？」

(はい。ものすごく胸が痛いです。わかっていたはずなのに、いざとなると失恋ってこんなにつらいものだったんですね……)

口を開けば嗚咽が漏れてしまうに違いない。ルネは必死に嗚咽をこらえ、唇を噛みしめた。

「地方視察の前に精を与えておこう。それで持つはずだ」

ルネは唇を歪めた。

「いや……」

師匠には想う人がいるにもかかわらず、師匠としての義務感から、苦しむ弟子に精を与えるという極めて個人的な行為を強要してしまっているのだ。

失恋の痛みと自責の念に囚われ、ルネは自棄になっていた。

「もういいです。治療なんて必要ない」

「ほう……」

不意にヴィルジールの発する空気が変わった。暁色の瞳を険しく細め、驚くほどゆっくりとルネに近づく。

「そなたは……まだわかっていなかったのだな。私がどれほど大切に思い、愛しく思っているのか」

「だってこんなのヴィ師匠でなくても、強い魔力さえある人なら……」

「黙れ！」

ヴィルジールの気迫にルネは言葉を失った。これほど激昂した師の姿をルネは見たことがなかった。

「……ヴィ師匠」

ルネは力なく首を横に振った。

（いや……。本当に嫌われてしまった？　もう弟子としてそばにいることもできないの？）

ヴィルジールの冷たい瞳に囚われたまま、ルネは身動きできなくなる。

「物わかりの悪い弟子にはおしおきが必要なようだ」

ヴィルジールは茫然とするルネを抱き上げ、杖も使わずに魔道門を開いた。

塗り潰された夜

ぐらりと揺れる感覚がしたあと、ルネは唐突に寝台の上に放り出された。

「あ……」

見覚えのある室内はどうやら彼の屋敷の寝室のようだった。我に返ったルネの視界に出口が映った。身の危険を感じたルネは咄嗟に逃げ出そうと、身をひるがえす。

だが、それを予期していたかのように、ヴィルジールはルネを寝台の上に突き飛ばした。

常にないヴィルジールの乱暴な仕草にルネはおびえた。

「やめて、ヴィ師匠！」

ルネの言葉を無視してヴィルジールはルネを組み敷いた。ブチリと布の千切れる音がして、ルネの藍色のローブはただの布きれへと化していく。

「抵抗しない方がいい。手加減できぬ」

「師匠……どうして……」

ルネの月色の瞳からとめどなく涙があふれた。

ヴィルジールはルネから奪った腰ひもで彼女の腕を縛った。寝台の飾り板にひもを括りつけ、手際よく彼女を拘束する。

「ヴィししょ……う。やだっ……」

目の前の光景を信じたくなくて、ルネは首を何度も横に振った。どれほど振り払っても、ヴィルジールの暁色の瞳に宿った冷たい炎は消えなかった。

混乱したルネはヴィルジールから逃れようと足をばたつかせる。

暴れるルネの足をヴィルジールはたやすく捕まえた。

口元を歪ませたかと思うと、捕らえたルネの足首にぺろりと舌を這わせた。

「抵抗するなと言ったろう？」

「やめて、師匠！　おかしいです。どうして……こんな」

「もう我慢などせぬ」

ヴィルジールは慣れた手つきで、ルネがローブの下に履いていたキュロットを切り裂いて脱がせ、続けて下履きも同様に取り去る。

「ふぁ！」

突如として背筋をなにかが駆け上がるような感覚に襲われて、ルネは声を上げた。

「な、なに？」

ヴィルジールが触れていないにもかかわらず、背筋を快感が走り抜け、ルネは背中をしならせた。

「魔力にはこうした使い方もある」

「っひ」

まるで神経がむき出しになったような感覚に、ルネは悲鳴を噛み殺した。

ヴィルジールの手のひらがルネの脚をゆっくりとなぞる。

魔力の手と、ヴィルジールの手が同時にルネを愛撫した。

「いやぁ、ヴィ師匠。やだっ」

「本当に？」

ヴィルジールはルネの耳元で低くささやいた。

彼の指は布きれと化した服の下で、つんと存在を主張する二つの頂に手を伸ばすと、一方を摘まみ上げた。

「こんなに……尖らせているのに、嫌なのか？」

「うそっ、違う！」

ヴィルジールはルネの尖った先端を見せつけるように口に含んだ。

ルネはお腹の奥がきゅっと収縮するような感覚に襲われた。

ルネに覆いかぶさったヴィルジールは、ルネの脚のあいだに手を伸ばしてくる。

「ほら、ここも」

そう言いながら彼は指を秘裂に這わせた。指を広げ、隠されていた蕾をむき出しにすれば、確かに蜜がしとどにあふれている。

ルネはふるふると首を横に振った。

「ルネ……、ルネ……」

ヴィルジールは左手でルネの顔を捕らえると、頬に、こめかみに、額にと口づけを次々に落としていく。空いた右手はルネの膨らみを執拗に捏ねている。

ヴィルジールはルネの脚のあいだに膝を差し入れて広げさせると、秘められた部分全体をこすり上げる。そうしているあいだも、魔力の見えざる手がルネの全身に触れていた。

「ぁあああん……」

ルネは自分の口から漏れた嬌声を信じられない思いで聞いた。これまでヴィルジールに抱かれていてもこれほどの快楽を感じたことはなかった。自分の身体が作り変えられてしまったかのように、彼の一挙手一投足に身体が反応する。

(いや……おかしくなる)

蜜壺の奥からごっと蜜があふれた。

ヴィルジールの長い指がルネの内部に沈んでいく。

「ああァア　やだぁ」

混乱に強張る身体とは裏腹に、その部分は柔らかく彼の指を飲み込んでいた。

ゆるゆると指が動くたびに、じゅぶじゅぶと淫猥な水音が響いた。

「ああ、ん、っふ……、や……あ」

「ルネ、ルネっ！」

ヴィルジールの声は熱を帯び、ぎらぎらと欲望を灯した瞳が、じっとルネの反応を見つめている。

「ふあっ、あぁぁ」

耳朶を甘噛みされた。

背中をしならせ、強すぎる快楽から逃れようとするが叶わない。

「あ……あ……」

あふれた涙が頬を伝い、囚われた腕がしなった。

「外してぇ、ヴィししょ……」

「ダメだ。ルネはすぐに逃げるから……」

ヴィルジールはルネの脚を更に広げさせると、濡れた叢に顔をうずめた。

「アアアぁ！」

これまでにない強烈な刺激に、ルネは叫んだ。

「っひ、や、だ。やめ……うそ……」

ヴィルジールの舌は花びらをかき分けて、蕾を探り当てる。

「っふあああん」

ルネは全身を硬直させた。

（なにも……考えられない）

ヴィルジールはルネの蕾を舌と指で愛でた。

「なにも考えなくていい。ただ、私のものになれ」

「っく……っは、ん……」

ルネは蜜壺を穿つ指が増えたことにも気づいていなかった。

（やだ……やめて、ヴィ師匠。こんな風に感じたくないっ！）

ルネの心の痛みとはかかわりなく、彼女の身体はヴィルジールの指と、舌と、魔力による愛撫に性感を高められていく。

「ひど……いよ……、ヴィし……しょう……」

「ひどいのはそなたの方だ。さあ、一度果てまで昇れ」

ヴィルジールはそう宣言すると、一層激しく指を動かし、強く蕾を吸い上げた。形を変えて膨らんだ蕾に加えられた刺激に、ルネの身体はたやすく快楽を極めた。

「ひあぁぁ、あ、あぁ、っやああ」

がくがくとルネは身体を震わせた。蜜壺に沈められたヴィルジールの指を何度も締めつける。

全身を上気させ、荒い息をつくルネの瞳は、ぼんやりと宙をさまよっていた。

ヴィルジールはゆっくりと指を引き抜いた。蜜にまみれた指を、見せつけるようにゆっくりと舐める。

「甘い……、ああ、ルネ。そなたの魔力はなんという美味だ」

うっとりと呟いたヴィルジールは、いまだ服を着ていたことに気づき、苛立たしげに自らのローブを脱ぎ捨てた。

下履きの下から現れた剛直は切なさに涙を流し、限界まで張り詰めている。

「ルネ……」

昂った欲望の大きさと姿にルネはたじろいだ。

「っや、むりぃ……」

いつも背後から貫かれるばかりで、まともに直視したことのなかったルネは、押し当てられた昂ぶりにおびえた。

脚をばたつかせ、必死にずり上がろうとするが、極めたばかりの身体には力が入らずシーツの上を滑るだけ。

ルネの腰を捕まえ、抱え上げたヴィルジールは性急に腰を進めた。

「あぁ！」

一気に最奥まで貫かれ、ルネは目を大きく見開いた。

涙があふれる。

ヴィルジールは上半身を密着させると、ルネの背に手を回して強く彼女を抱きしめた。

「ルネ……」

ヴィルジールは切なげに目を細めると、ルネの唇に齧（かじ）りついた。

「んん……ぅ」

唇の上をなぞっていた舌は、ルネが口を緩めた瞬間を見逃さず内部に滑り込む。

「ぅん……は」

唇をつなげたまま、ヴィルジールは腰を律動させた。

揺さぶられるたびに、打ち込まれた楔からじわじわと快感が広がる。内部から魔力で撫で上げられ、ルネは声もなく叫んだ。

「……！」

苦しい息に頭が真っ白になっていく。

（苦しい……、もう、おかしくなるっ！）

ヴィルジールから与えられる快楽には果てがなく、どこまでも身体は昇り詰めていく。

ルネは苦しさに涙をあふれさせた。

（耐えられない。もう、早く終わって……！）

「ルネ、私の魔力を受け取れ！」

ヴィルジールが腰を一層強く打ちつけると、欲望を解放した。熱い精が身体の奥底に注がれる感覚に、ルネは身体を震わせた。一瞬遅れて魔力が体中を駆け巡る。

「ひぅっ……」

痛みにも似た快楽に支配され、ルネはつま先をぴんと張り詰めさせた。悦楽の頂点へと押し上げられた身体ががくがくと震える。

遠のきそうになったルネの意識を、ヴィルジールは揺さぶって引き戻す。

深く口づけられ、息が苦しい。

これまで唾液を摂取するために受けた口づけとはなにもかもが違っていた。

舌をなぞられ、吸われ、内部に触れられるたびに理性が溶けた。

ヴィルジールは彼女の最奥に精を放っても腰の律動を止めず、ルネが動かなくなるまで責め立てた。

ルネの声なき悲鳴が夜の闇に消えていった。

ヴィルジールは、ルネの身体がピクリとも動かなくなったことにようやく気づいた。

ずっと泣いていたルネの頬は痛々しいほどに腫れてしまっている。

ヴィルジールはそっと頬を唇でなぞりつつ、丁寧に癒しの魔術を使った。ルネを貫く剛直はまだ勢いを失っておらず、熱く張り詰めている。

（もう、いい加減にしないと……ルネが壊れる）

ヴィルジールは何度か最奥を穿って精を放つと、名残惜しくも彼女の中から剛直を引き抜いた。

幾度となく彼女の中に精を放っても、ヴィルジールが満たされることはなかった。

たとえどれほどルネのことを想っていても、彼女にはまったく通じていないことに苛立ちが募る。

自分の伝え方が悪いのだろうとは思うが、それ以上に、彼女は愛されることを信じていない気がしていた。

（おそらく、ルネの生い立ちがそうさせているのだろうが……）

幼い頃に両親を失ったというルネは、親の愛を知らない。産みの親ではなくとも、保護者からの愛情を感じていれば、もうすこし自己に対して肯定的に思えるのではないだろうか。

（私がその愛を与えてやれればよかったのだろうが……。私は父親になってやるわけにはいかないのだ。初めてそなたと出会ったときから、私の目にはそなたは美しい異性としてしか映っておらぬ。師匠となり、庇護することはできても、父親代わりとして見られることだけは耐えられぬ）

その想いがヴィルジールをとどめ、彼女の求める保護者の愛を与えることはできなかった。

ヴィルジールはルネの夜色の髪をそっと梳いた。

「すまない……」

意識がないと知りつつも、謝罪せずにはいられなかった。

ルネの口から漏れる否定の言葉の数々に理性を失い、無体な真似をしてしまった己が、ひたすら情けなかった。

（いっそ孕んでしまえばいいのに……）

ヴィルジールは魔術師同士の性交では子ができないことを知っていた。子をなすためには一切の魔力を交えず、身体をつなげる必要がある。ルネの魔力過多の症状を鎮めるためには魔力を注がねばならず、妊娠する可能性はない。

それでも、彼女をつなぎとめておけるものならば、どんな手段であろうともとってしまうだろう自分を嫌悪した。

「愛している……、だから……、否定しないでくれ」

ルネの腫れていた瞼も、すこしずつ治まってきたようだ。ヴィルジールは彼女の目元に口づけると、ルネを腕の中に抱いて、浅い眠りに意識を沈めた。

ルネは全身の痛みに目を覚ました。

すぐ隣を見れば、ヴィルジールの端整な横顔が目に入る。いつもあまり感情の表れない顔は、すこし幼く見える。

カーテンの隙間から見える空は暗く、夜明けはまだ遠いようだった。

ルネはゆっくりと上半身を起こした。全身がだるく、身体を動かすたびにギシギシと悲鳴を上げる。

縛られていた手首は解かれ、ヴィルジールが癒したのか、擦り切れていたはずの場所にはなんの痕もない。ルネの着ていた藍色のローブは破れ、千切れた布が寝台の周囲の床に散乱している。

(ああ、もうぼろぼろ……。ヴィ師匠、ひどいよ……)

もうこのローブは二度と使えそうにない。ルネは羽織るものを探そうと、寝台から床に脚を下ろした。ヴィルジールを起こさぬよう、そろそろと両足を床につける。

(あ……れ?)

床に座り込んだルネは、脚に力が入らず、立てなかったことにようやく気づいた。

ルネは自身の状況に戸惑っていた。

(もしかして、ヴィ師匠はいつも手加減してくれていた?)

これほどまでに長時間、何度もヴィルジールに抱かれたことがなかったルネは、嵐のような彼の欲望に流されてしまったことを思い出し、頬を上気させた。

(早く、この場を離れないと……)

すぐそばのチェストの上に置かれたガウンに気づいたルネは、這うようにしてチェストに近づいた。チェストにしがみつくようにして立ち上がったところで、内股を伝うどろりとした感触に顔をしかめた。

蜜壷からあふれた白濁が脚を伝い、床に水溜まりを作っている。

いつも彼に抱かれたあとは、魔力が全身を巡る所為でいつも気を失ってしまっていた。気がついたときには身体はさっぱりとして、情事の痕跡を匂わせるものは残っていなかった。

ルネが周囲に散らばっていたローブであったもので股を拭うと、あとからあとから精があふれた。

（やだ、止まらない？）

初めてのことに戸惑いつつ、なんとかガウンを羽織ったルネは、遅々とした歩みでもう一度、寝台に近づいた。身をかがめ、ヴィルジールの顔を覗き込む。

（ヴィ師匠、ごめんなさい。もう、あなたのそばにいることができません。一人前の魔術師になるまで、一緒にいたかった……。もっとふたりで魔術の研究をしたかった……。本当にごめんなさい）

ルネは顔を寄せると、そっと唇を重ねた。

（ヴィ師匠……、愛しています。どうかお元気で……）

ルネは杖を構えて魔道門を起動させると、魔術棟にある自分の部屋に転移した。

魔力の気配にヴィルジールが身じろいだ気がしたけれど、転移したルネが見届けることはできなかった。

寝台に身を投げ出し、ずっとこらえていた涙を解き放つ。

（もう、ヴィ師匠に完全に嫌われてしまった。だからきっと、師匠はあんな風に抱いたんだ……）

「うぅ……」

滝のように涙が頬を伝い、あふれた。

（この任務が終わったら……、どこか師匠のいないところへ行こう。私さえいなければ、ヴィ師匠は想う方と結婚できるはず。でも、私には師匠が結婚する姿を見る勇気なんてない……）

寝台にうつ伏せたまま思う存分に泣いたルネは、窓から差し込む太陽の光に気づいて顔を上げた。

空の端が明るく染まり、夜の闇が次第に太陽の茜色に染まっていく。

（暁の色。ヴィ師匠の目と同じ）

ルネはこの先一生、この光景を見るたびにヴィルジールのことを想ってしまうのだろうと確信した。

ひとしきり泣いたルネは、クローゼットから藍色のローブを取り出して身に着けた。

今日からしばらくは王の視察に同行しなければならない。ヴィルジールと顔を合わせなくても済むのは、ルネにとっても都合がよかった。

(これからのことを考えるちょうどいい機会かもしれない。このままヴィ師匠のそばに……宮廷にとどまるのは無理だもの……)

ルネとしても、ようやく周囲に認められつつある仕事を投げ出したくはなかった。それでも、ヴィルジールに嫌われているのに、王宮魔術師としてとどまることはできない。

(とりあえず今は仕事に集中しないと)

どれほど心の中が荒れ狂っていようとも、仕事は待ってくれないのだから。

癒しの魔術を自身にかけて、どうにか動けるようになったルネは、王の視察団に加わった。

視察団は、王、王妃、王子、それに彼らを護衛する騎士たち、身の回りの世話をする侍従たちを合わせると、五十名ほどの大所帯となる。

今回の任務に参加する魔術師は三名。事前の打ち合せであらかじめ役割を決めてある。いずれもルネよりも職歴の長い先輩ばかりで、今回は一番年長の魔術師、ヤンの指示に従うことになっている。

ルネは藍色のローブを身に着けた先輩たちの姿を見つけて駆け寄った。胸の前で手を合わせて礼を執る。

「おはようございます。よろしくお願いします」

「よろしく頼む」

壮年の魔術師ヤンが礼を返した。

「こちらこそ、よろしくね」

ルネよりすこし年上の女性魔術師、デボラもにっこりと笑ってルネに礼を執る。

「顔色が悪いようだけど、大丈夫？」

「すこし寝不足なだけです。大丈夫です」

ルネは自分でもそう信じたかった。

デボラは非常に面倒見のよい性格で、顔色の悪いルネを案じている。初めて師匠から離れて任務に就くルネが、緊張のために体調を崩していると勘違いしてくれたらしい。

「よし。打ち合わせ通り分かれて任に当たるぞ」

ヤンの言葉にうなずくと、ルネは隊列の後方に向かった。

やがて出発の号令がかかり、視察団は王族の乗る馬車を中心に、騎馬で囲むようにして王都を出発した。

（いつもヴィ師匠と任務に出かけるときは魔術門ばかりだったから、馬に乗るのは本当に久しぶり……）

馬上で号令を聞いたルネは、またヴィルジールのことを考えていることに気づいて自嘲した。こんな体たらくでは護衛の任は務まらないと気を引きしめ直す。

それでも移動中の魔術師の任務は、基本的に伝令と不審物がないかを魔術で捜索するくらいで、ルネは常歩(なみあし)でのんびりと馬を進めるだけで事足りた。

一行は休憩を挟みながら北へ向かい、特に問題もなく、日が沈む前に最初の目的地であるヴィヴィエの街に到着した。

王たちは領主の歓迎を受け、館の中に入っていく。

今日はこのまま領主の館に宿泊することになっている。ルネたち魔術師は、館の周囲に守護のための魔術結界を作り終えれば、明日の出発まではのんびりとすることができる。

先行していた騎士たちが、館の内部の安全を確認し終えたことを報告してきた。

ヤンの合図を受けて、ルネはデボラと共に杖を構えた。三人の魔力を重ねあわせ、館の中央付近で結界の魔術を発動させる。

ルネ以外のふたりの魔力はあまり強くないらしく、熟練した技術で結界の魔術を編み出している。初めてヴィルジール以外の魔術師と魔力を重ねたルネは、彼が魔術師として突出していることを改めて実感した。

師匠とは異なる魔力の使い方にすこし戸惑ったものの、ルネは魔力を抑え気味に調整することで問題なく結界を編み上げた。

「これでいい」

ヤンは満足げにうなずいた。

「私は部屋で休むことにするわ。あなたはどうする？」

「すこし周囲を歩いてみます」

まだ休む気になれなかったルネは、デボラの誘いを断って散歩に出かけた。

かすかな水音に誘われ、ルネはふらふらとその音のする方へ歩を進めた。小さな滝が流れ込み、池のようになっている場所を見つけたルネは、そのほとりに腰を下ろした。

空はゆっくりと宵の色に染まりつつある。

あまりのんびりとはできないが、ひとりで考える時間がほしかった。

（やっぱり、ヴィ師匠のもとを離れるべきだよね……）

魔術師であることがルネにとっては己の存在価値だった。両親のいないルネが他人に頼らず生きるには、持って生まれた魔力を磨き、魔術師となる以外に道はなかった。そしてなにかに導かれるようにヴィルジールと出会い、彼のおかげで魔術師となることができた。この資格さえあれば、どこへ行っても生活に困ることはない。

（もうすこし一緒にいることができると思っていたのに……）

ルネはぼんやりと地面に生えている草を千切り、滝の中に投げ込んだ。

ルネの魔術師としての技量は、まだ遠くヴィルジールには及ばない。師のもとでまだまだ学びたいことがあった。

（旅に出てみるのもいいかもしれない）

ルネはこの任務で初めてヴィルジールと離れてみて、いかに自分が師匠に守られていたのかに気づいた。移動中の休憩一つとっても、ルネの体力に合わせてくれていたのだと、今ならばわかる。

　これまでヴィルジールと力を合わせて魔術を発動する場合、ふたりの魔力の相性がよかったのか、ほとんど制御を必要とせずに魔術を使うことができていた。こうして他の魔術師と組んでみると、改めて師の素晴らしさを強く実感する。

（やっぱり、私が魔術師として未熟すぎるから、一人前になるまでヴィ師匠は結婚できないって言ったんだろうな……）

自分の未熟さに否が応でも向き合うことになったルネは、落ち込まずにはいられなかった。

「ルネ殿、どうかしたのか？」

「わ！」

突如かけられた声に驚いて、ルネは飛び上がった。

「ジスラン様！」

振り向いたルネの視線の先には困ったような表情のジスランがいた。

いくら自由時間とはいえ、油断していたことを恥ずかしく思ったルネは、頬を染めた。

「すみません。ちょっと考え事をしてました」

「謝ることはない。考え事というのは、あなたの顔色の悪さと関係があるのかな？」

図星だった。癒しの魔術を使って身体の傷は癒せても、心は悲鳴を上げ続けている。

青色のマントを身に着けたジスランは騎士の正装のままだった。武人らしい規則正しい足取りで近づくと、ルネのすぐ隣に立った。

「座ってもいい？」

「どうぞ」

ルネは隣に身体をずらすと、ジスランと並んで池のほとりに腰を下ろした。

「関係あるような、ないような……」

「なにかあったのかい？　浮かない顔をしている。私でよければ相談に乗るよ？」

「そうですね……」

ルネはずっと胸にくすぶる悩みを、誰かに打ち明けたかったのだと気づいた。

「……いつの間にか私は嫌われてしまっていたみたいなんです。きっと、あんまりにも私が役に立たないから、嫌になったのかも……」

「ルネ殿のような努力家を嫌うなんて……、きっと誤解だと思うぞ」

「そうでしょうか？」

「ああ、一緒にこれまで仕事をしてきた私が保証する」

ジスランは宵色の瞳を細め、愛し気にルネを見つめた。

「きっとちゃんと話しあえば、誤解だとわかるはずだ」

ヴィルジールのそばから離れていても、問題を先送りしているだけで、解決にはならない。

それはルネにもわかっていた。

「こんなときに言うのは卑怯かもしれないが、私は……ずっとルネ殿のことを見てきた。だからその視線の先にいる人が誰なのかも知っている」

「ジスラン様？」

　ルネは嫌な予感に顔をしかめる。

（ジスラン様が私を好きだなんて、考えすぎ……よね）

「私が頼まれたのは恋人のふり……ですよね？」

　恐る恐る尋ねたルネの手を、ジスランは強く握った。

「私としては本当のことにしたいと思っている」

　ジスランは慌てる彼女の手を、強い力で引き寄せる。

　驚くほど間近に迫ったジスランの顔を、ルネはただ茫然と見上げた。

「私はルネのことが好きだ。異性として恋い慕っている。本当の恋人になってくれないか？」

　そう告げると、ジスランはルネの手を持ち上げ、その甲にキスを落とした。

「ジスラン様！　手を離してください」

（こんなことになるなら、ジスラン様の頼みを断ればよかった！）

　ルネは己の考えの浅さを呪った。

　強く手を引いて抵抗すると、ジスランはルネの手をあっさりと解放した。

「私には……」

「答えはすぐでなくてもいい。ただ、私の気持ちを知っていてほしい」

　ジスランはルネの返事をさえぎった。

今、答えを求めれば、拒否されることがわかっていたのだろう。

「ジスラン様……」

ルネは否定の言葉を口にしようとしたが、ジスランの切なげな表情に続く言葉を失った。

「私なら、こんな風にあなたを泣かせない」

「泣いてなんて……」

「心は泣いているだろう？」

「……っ」

ジスランの包み込むような声に本心を言い当てられ、ルネの目から涙があふれそうになる。

ジスランの手がルネの頬に伸ばされた。泣いていないことを確かめるように、そっと頬に触れてくる。それは魔術師とは異なる、固く鍛えられた騎士の指だった。

（このままこの人のことを好きになれたら、ヴィ師匠への気持ちも忘れられる？）

もう一方の手が背中に回され、ルネの身体を引き寄せる。

「っやだ！」

（違う！　ヴィ師匠じゃない！）

彼の胸に引き寄せられた瞬間、ルネは思わず手をついて、彼を拒絶していた。

どうしようもなく違うのだとルネは感じた。自分が求めているのは、ヴィルジールなのだ。

「ごめん……。無理やりどうこうしたいわけじゃない」

ジスランは痛みをこらえるように一瞬目を瞑ると、ルネの身体を解放する。

「もう、恋人のふりをするのは嫌になった？」

ジスランの傷ついたような瞳に、ルネは力なく首を横に振った。

「いいえ。約束ですから」

ヴィルジールと違うというだけで、これほど拒絶反応が出るとは、自分でも思ってもみなかった。

「さあ、そろそろ館の方に戻ろう。夕食の準備も終わっている頃だろう」

「そうですね……」

「今はふりだけでいい。手をつなぐくらいはいいだろう？」

ルネはうなずく代わりに、差し出されたジスランの手を取り、その手を借りて立ち上がる。

切なげにこちらを見つめるジスランの瞳を、ルネは拒絶できなかった。

ルネはジスランに手を引かれながら、館への道をゆっくりとたどった。

波乱の夜会

視察は順調すぎるほど順調に進んでいる。そして今夜、離宮では視察に訪れた王族と、王国の北部地域の主だった貴族が参加する夜会が行われる。

ジスランの相手(パートナー)として夜会に参加する予定のルネは、その準備に追われていた。

胴部分につけた補正下着の上に、柔らかな素材の薄桃色のドレスを身に着ける。首元は深く切込みが入り、鋭い角度を描いている。左胸の上部にはドレスと同じ布の素材で作られた花のモチーフがあしらわれ、ゆるりと広がる裾までは、ドレスと同じ色の糸で花の刺繍が精緻に施されていた。

ルネはとてもひとりでは準備が間に合わないと、同室となっているデボラに手伝ってもらった。普段ほとんど化粧をしない幼い顔立ちのルネは、頬に粉をはたき、紅を引いただけで、ずいぶんと大人びて見えた。

「ルネ、とてもかわいいわよ。もっと普段から化粧をすればいいのに」

もったいないとデボラはぼやく。

鏡に映る自分の顔が自分のものではないような気がして、ルネは目を瞬(まばた)かせた。

(お化粧の力ってすごい……)

「髪は私の好みで結わせてもらうわよ」

デボラが楽しそうに髪をいじっているので、ルネはすべてを任せることにした。

ルネは鏡の中で動くデボラの鮮やかな手つきに見とれた。ルネの夜色の髪は半分ほどをそのまま垂らし、残りの半分ほどは捻（ねじ）ったりピンで留められたりして、複雑な形に結い上げられていく。

「デボラさん、すごいです……」

「ふふー、それほどでもあるかな」

褒められたデボラは満足げに笑った。

着飾ったルネとは対照的に、デボラは魔術師として会場の護衛任務に就くため、藍色のローブを着ている。

「あとは、髪飾りと首飾りがあれば完璧なのに！」

「そうですね……」

貴族の子女であれば、首飾りの一つや二つは持っているのが普通らしい。デボラにそう指摘されても、平民でしかないルネには縁遠いものだったので、早々に諦めていた。

そのとき、ルネの部屋の扉がノックされた。

「ルネ殿、準備はいいか？」

ジスランが迎えに来たようだ。

デボラが扉を開けると、騎士の正装に身を包んだジスランがルネの姿に瞳を輝かせた。

「とても素敵だ」

デボラの姿が目に入っていないかのように振る舞うジスランの臆面もない褒め言葉に、ルネは頬を染めた。

「ありがとうございます」

ルネは鏡の前から立ち上がると、ジスランの前で軽く足を引いてお辞儀をして見せた。

「きっと持っていないだろうからと思って……」

そう言ってジスランが懐から取り出したのは、繊細な加工を施された銀色の首飾りと、白い生花の髪飾りだった。

「まあ、さすがジスラン様！」

デボラは喜色もあらわに髪飾りを受け取ると、すぐさまルネを鏡の前に導いた。手際よくルネの頭に髪飾りを着けていく。

「首飾りは私に着けさせてもらえるか？」

「はい」

ルネは垂らした髪を片方に寄せ、首飾りを着けやすいようにうなじをあらわにした。

ジスランはルネの背後に回ると、恭しい手つきで首飾りを留める。

ルネはひやりとしたジスランの指の感触に、ふるりと身体を震わせた。

「では、行こうか」

準備は万端整ったルネにジスランは腕を差し出した。ルネはジスランの腕に掴まりながら、彼の役に立つのだと、決意を新たに会場に向かって足を踏み出した。


夜会の会場となっている大広間は着飾った貴族たちであふれかえっていた。

飲み物のグラスを手に、方々で談笑している姿がルネの目に入る。

（これが貴族の社交というものなのね……）

気後れしているルネに気づいたのか、ジスランはルネの手に己の手を重ねた。

「ルネ、陛下にご挨拶しよう」

「え!?　ジスラン様、ちょっと！」

まさかいきなり王にお目通りを受けることになるとは思っていなかったルネは、大いに慌てた。

ジスランはルネに優しい笑みを向けたが、それでも有無を言わさず、ルネを連れて人だかりの中を進んだ。

「本当に、国王陛下にお目通りいただけるのですか？」

「それが縁談を止めるのに一番効果的だとは思わないか？」

「でも……」

「さ、ご挨拶するよ」

ジスランはルネに反論する隙を与えず、国王フランシスの前に進み出ると、騎士の礼を執り彼の注意を引いた。

「陛下、バリエ騎士団長ジスランとその相手（パートナー）、魔術師ルネが、御前に参りました」

侍従がルネとジスランを国王に取り次ぐ。

「おお、ジスラン。よくぞ参った」

国王は手招いてジスランを近くに呼び寄せた。

ルネはごくりとつばを飲み込むと、覚悟を決めて国王の前で魔術師の礼を執った。

「ほう。その方が魔術師ルネか。……ジスランがずっと隠していたがるのもうなずける美しさだの」

「過分なお言葉、ありがたく存じます」

王の目がルネに注がれた。鋭い視線は為政者としての威厳を湛えている。

あまりに無遠慮な視線に居心地の悪さを感じたルネは、ジスランに縋る腕にすこしだけ力を込めて助けを求めた。

「そのように高貴なお方に見つめられて、ルネが戸惑っております。いずれ別の機会にお引き合わせいたしたく、この場はご容赦いただけますか？」

「ふうむ、許そう。ジスラン、忘れるなよ」

国王は厳しい顔をすこしだけ緩めると、ルネとジスランに手を振って下がることを許した。

ジスランは再び王の前で礼をすると、ルネを連れてその場から離れた。ジスランに手を引かれるままに進み、大広間から続く露台（バルコニー）へ連れ出された。

露台（バルコニー）に人の姿はなく、ルネはようやく一息ついた。

「ルネ……大丈夫か？」

なにもかもが想定を上回り、ルネの許容範囲を完全に超えてしまっている。

「ジスラン様……」

空は薄闇に染まり、宵の頃を迎えていた。

「ちょうどいい、あそこで休もう」

露台（バルコニー）にはベンチが設えられており、ルネはジスランに導かれて腰を下ろした。

慣れないかかとの高い靴に、痛みを覚え始めていた身にはありがたい。ルネはすこしはしたないとは思いつつも、ベンチに座ったまま靴を脱いで足を伸ばす。

「あのような体たらくで、私はジスラン様のお役に立てたのでしょうか？」

ルネは一番気にかかっていたことを問うた。ジスランは破顔すると、ルネの手を取る。

「もちろんだ。とても助かったよ。だが夜会が終わるまでは、もうすこしだけ頑張ってくれると嬉しい」

「それはいいんです。でも、いずれ別の機会に王にお会いするなどとお約束されてよかったのですか？」

（だって私はあくまで恋人のふりをしているだけだもの）

「ルネは王に紹介するのに、なんの不足もない。私は本当の恋人になってほしいと言っているはずだが？」

ジスランはルネに向かって甘く微笑（ほほえ）んだ。

「だって、私が好かれる理由が……わかりません」

ルネの言葉にジスランは急に真剣な顔つきに変わった。

「ルネ殿は私が王の庶子だという噂を聞いたことが？」

「はい……。耳にしたことはあります」

ルネは慎重に答えた。

「噂は本当だ。宮廷では誰も口にしないが知っている。たいした魔力を持たぬこの身で王のお役に立つには、剣の腕を磨くしかなかった。騎士団に入り、実力をもってこの地位に就いたと思いたいが……、実際には表立って子として遇することのできない陛下の、私に対する償いなのだろうな」

ジスランが浮かべる笑みには自嘲が含まれていた。

彼が騎士団長として十分に有能であることは、ルネの目には明らかだった。その言葉を否定することはたやすいが、彼がそれを信じないだろう。ルネは彼にかける言葉を持たなかった。

「だからだろうか……、ずっとあなたのことが気になって仕方がなかった。平民出身でありながら、その実力で周囲に認めさせてしまったあなたから目を離せなかった」

「それは師匠のおかげです。私の力なんて……、遠く師匠に及びません」

「それは違う。あなたはその地位に相応しくあろうと努力してきたはずだ。いつも一生懸命な姿から私はいつの間にか目が離せなくなっていた」

ジスランはルネのすぐ目の前に立った。

じっとルネの瞳を見下ろすジスランのうしろには、星が降ってきそうなほど近くに見える。

「好きだよ、ルネ。私の気持ちを受け入れてほしい」

情熱の込められたジスランの瞳に、ルネは焼かれた。ヴィルジールとは異なる熱をはらんだ宵色の瞳。ルネに対する切望と、かすかな痛みを含んだ瞳から目を離せない。

（ジスラン様の気持ちは嬉しいけれど……。もしこの人がそばにいてくれたら、ヴィ師匠への想いもいつかは諦めることができるかもしれない。なにも考えず、この方の情熱に流されてしまえばずっと楽になるかもしれない。でも……）

「ジスラン様……」

言葉を紡ごうとしたルネの唇に、ジスランが指を当てて押しとどめる。

「返事は急がないと言ったはずだよ、ルネ」

突然、絹を裂くような悲鳴が会場から漏れ聞こえた。それから、なにかがぶつかったような音と、激しい怒号も。

その瞬間、ルネは自分の張った魔術結界があっさりと霧散するのを感じた。

「結界が解けました」

何事かが起きたのだと察して、ルネはジスランと顔を見合わせた。彼の表情が一瞬にして引き締まる。

「戻るぞ！　陛下のもとへ！」

「はい」

ルネはすでに走り出していたジスランのあとを追って駆け出した。

広間は混乱を極めていた。

王の周囲を数名の騎士が取り囲んでいる。王に刃を向ける不審な人影がふたり、王の前に立ちはだかっていた。すでに斬り捨てられた者が床にひとり、敵に斬りつけられたのだろう、傷を負った騎士の姿もある。

「陛下!」

ジスランは叫ぶと、王に向かって駆け出す。左の腰に佩いた剣を抜くと、敵と国王のあいだに割り込む。

「守りを固めよ!」

ジスランは厳しい顔つきで、敵と斬り結びながら、国王の周囲を固める騎士に指示を出す。

ルネは咄嗟に周囲に視線を巡らせた。

周囲の貴族たちは巻き添えを恐れているのか、王からすこしでも離れようと出口に殺到している。

本来ならば魔術師が王の近くに控えているはず。だが、その姿はどこにもない。

ルネはいつもの癖で杖を手にしようとして、腰に杖がないことに気づく。

(なんたる失態!)

たとえ夜会の場であったとしても、自らの武器たる杖を手放すべきではなかった。

ルネは自分の失態に落ち込みそうになる自分を叱咤(しった)した。

(落ち込んでいる暇なんてない!)

手元にない以上、できることをするしかない。こうなっては杖の力を借りることなく、自らの魔力だけでこの事態を切り抜けるしか方法はなかった。たとえそれが、命の源を削る行為だとしても。

ルネは心を決めると、王のすぐそばに駆け寄った。

ルネは苦戦しながら魔力を紡ぐと、いつもの倍ほどの時間をかけて王の周囲に魔術結界を施す。こうしておけば、数度の攻撃ならばはじくことができるだろう。

「ジスラン様、守りはお任せください」

ルネはジスランに向かって叫んだ。

「承知した！　陛下を連れて逃げてくれ！」

襲い来る敵の攻撃を剣で受け流しつつ、ジスランはこの場で敵と対峙することを選択した。ふたりを相手に苦戦しているが、さすがは騎士団長というところか、王のそばには近づかせない。

まもなく増援の騎士たちも合流するはずだ。まずは王の安全を確保するためにもこの場を離脱しなければならない。

「すまぬが、よろしく頼む」

王の言葉に、三名の騎士はうなずくと、足早に移動を始める。

「魔術師殿、もうしばらく結界の維持を頼めるか」

「はい」

王を守護する騎士に問われたルネは、額に汗を滲ませながら答えた。

「あそこまでたどり着けば、露台（バルコニー）伝いにほかの部屋へ移れます」

夜会の参加者が殺到している広間の出口へ移動することは諦め、先ほどルネたちがいた露台（バルコニー）の方へ向かうことを提案すると、騎士はうなずいた。

「護衛の魔術師は？」

駆け足で移動しながら、ルネは騎士のひとりに問うた。

「魔獣が現れたという報告で、確認のため席を外した。それよりも、どうしてこのような場に侵入者が？　結界はどうなっている？」

「結界は先ほど消滅しました。ほかの魔術師と合流しなければ、張り直すのは無理です」

怒気をこらえる騎士に、ルネはあくまで冷静に答えた。

「責任の追及は今すべきことか？」

王の言葉に、騎士はすぐに怒気を引っ込める。

「申し訳ございませぬ」

「よい。今は逃げるのが大事と心得よ」

「承知いたしました」

先導していた騎士が露台(バルコニー)へと続く扉を開け放つ。

そのまま外へ足を踏み出した騎士が、一瞬にして吹き飛ばされ、姿が見えなくなる。

「どうした⁉」

そこには翼を持った魔獣が、らんらんと瞳を輝かせて一同を睨みつけていた。翼には風をはらみ、空中に浮かんでいる。

魔獣が騎士を薙(な)ぎ払(はら)い、吹き飛ばしたのだと一瞬遅れて理解した。

ルネはこれまで目にしたことのない、翼を持った大型の魔獣に恐怖する。

「魔獣だ！　下がれ！」

腕一本分ほどの距離で難を逃れた騎士は、外に出ようとしていた王を押しとどめた。

魔獣であれば、剣では歯が立たない。

「私が出ます」

ルネは舌打ちしながら、王の前に進み出た。

王の背後では騎士がひとりで背中を守っている。もうひとりの騎士がルネと王の前に立ちはだかり、魔獣に剣を向け、なんとか近づかせないようにしていた。

風を操るタイプの魔獣なのだろう。翼を巧みに使い、上空から降下しつつ、爪を振り下ろして攻撃を仕掛けてくる。

（杖さえあれば！）

ルネは右手の掌の上で魔力を練ると、魔獣めがけて打ち出した。岩の塊が魔獣に向かって一直線に進む。その威力はいつもの半分ほどでしかないのに、時間も、使う魔力も倍ほどかかる。

うまく魔力を操ることができない悔しさに、ルネは歯を食いしばった。

（ヤンとデボラはどこ？）

杖の補助なしに結界を維持しつつ、攻撃魔術を繰り出していれば、すぐに魔力切れになってしまう。

ルネは左手に光を集めると、夜空に向かって高く放った。

赤く光を放つ球体が花火のように打ち上がり、ゆっくりと降下してくる。あたりは赤い照明弾に照らされていた。

この救援を求める光をほかの魔術師が目にすれば、いずれこの場所に駆けつけてくれるはずだ。

(あとすこし、耐えればきっと助けは……来る)

ルネは己の息が上がってくるのを感じていた。

そこへ、ジスランがうしろから合流する。

「敵は？」

王の問いかけにジスランは口の端をかすかにつり上げた。

「処分いたしました」

剣についた赤い血が、敵をどう処分したのかを物語っている。

ルネはそちらに目を向ける余裕もなく、魔力を練り、目の前の魔獣に叩きつける。

応援に駆けつけた騎士を見つけたジスランが叫ぶ。

「早くこちらに、盾を持て！」

室内で魔獣と対峙することになるのは想定外のことだったので、彼の手元に盾がなかった。

魔獣に襲われていることを見て取った救援部隊は、すぐさまその命令に従った。

「魔獣をせん滅せよ！　他の者は皆を避難させせよ！」

王の号令に騎士たちは士気をみなぎらせ、本来の動きを取り戻していく。

ようやく盾を手にできたジスランはルネの前に出る。

「ルネ！　しばらくのあいだ下がれ。そのままでは魔力が持たないだろう」

「無理です。今、手を抜けば、魔獣は一気に仕掛けてきます」

ルネは手足が冷たくなっているのを感じていた。魔力が切れる前兆だ。

そのとき、階下の外で叫ぶ声が聞こえた。

「ルネ！　王はご無事か？」

ヤンの声だ。

「なんとか！　そちらに魔獣の攻撃を引きつけて下さい」

「承知した！　デボラがそちらに向かっている！」

ヤンの周囲には騎士たちの姿もある。ルネの心にようやく余裕が生まれつつあった。

ヤンが杖を手に、水球を生み出し、魔獣にぶつける。

下からヤンの攻撃を受けた魔獣はそちらに意識を向けた。

待ち望んだ救援の手が差し伸べられたことに、ルネはほっと息をついた。

階下でヤンが叫ぶ。

「ジスラン様、すぐに魔術師デボラがそちらへ参ります。合流しましたら、階段からお逃げください」

「承知した。陛下、こちらへ」

ジスランが王を先導して広間に戻り始める。あとに続こうとしたルネは、窓の外から聞こえた声に、足を止めた。

「もう一体魔獣が！」

ヤンの悲痛な叫び声が夜空に響いた。

ルネは一瞬ためらった。このまま王を守ることが魔術師として取るべき正しい行動だった。

だが、ヤンの切羽詰まった声が耳の奥について離れない。

ルネは踵(きびす)を返す。

「ジスラン様、ヤンの援護に行きます！」

「ルネ、待ちなさい！」

飛び出そうとするルネの腕をジスランが捕らえた。

「王のそばを離れることは許さない。せめてもうひとり魔術師が来るまで待て」

「でも！　ヤンたちが！」

「魔術師ルネ！　自分の職務を思い出せ！」

ルネはジスランの言葉に息を呑んだ。

（私はなんのためにここにいるの？　魔術師としてなにをすべきか。優先すべきはなんなのか。落ち着いて、考えなければ）

気持ちのままに、無策のままに飛び出したとしても、事態を打開することはできない。

大きく息を吸い込んでゆっくりと吐き出す。

胸の奥底でくすぶる焦燥は消えなかったが、すこしだけ冷静になれた気がした。

「すみません。取り乱しました」

「よろしい。では他の王族の方々に合流する。守り手の数が多くなれば、魔獣の方に振り分けることもできるようになるはずだ」

ジスランを先頭に、王を数名の騎士が囲みつつ、足早に広間を駆け抜ける。ルネは魔術結界を維持しながら、あとを追って走った。履き慣れないかかとの高い靴に何度も転びそうになる。いっそ脱いでしまえばとも思うが、この足元では怪我を負いかねない。ルネはつま先の痛みをこらえて走った。

広間の扉を開けて回廊に出る。ジスランはまっすぐ階下の離宮の出口には向かわず、そのまま回廊を進んだ。

「どこへ？」

「安全が確認できるまで、隠し部屋に退避いたします。王妃殿下と王子殿下も避難されているはずです」

王の問いにジスランが答える。

「わかった」

回廊の端まで到達すると、ジスランは壁にかかっている絵画を外した。そのうしろにある小さな溝に剣を差し込むと、壁にしか見えなかった一部がゆるゆると動き始める。

「隠し扉か！　すっかり忘れていた……」

叫んだ王にジスランがうなずいた。

隠し扉が完全に開くと、中は細い通路へとつながっていた。

「この先です。陛下、どうぞお進みください」

ジスランは王と騎士に通路を進むように指示した。

「ジスラン、そなた……」

「この扉は外側から閉じる必要があります。どのみち安全を確保しなければなりませんので、私は魔術師と共に残ります」

王はすこしためらっていたが、やがて騎士を引き連れて細い通路の中に姿を消した。

ジスランはすぐに扉を閉ざした。ルネもジスランを手伝って絵画を壁にかけ直す。

「では、いくぞ」

「はい」

ルネはジスランと共に来た道をたどって大広間の前まで戻った。階段を駆け下りようとすると、階段を上ろうとするデボラの姿が目に入った。

(助かった！)

ルネは同僚の名前を叫んだ。

「デボラ！」

「ルネ！」

同僚の姿を目にしたデボラもまたルネに向かって叫ぶと、階段を駆け上がる。デボラの顔には笑みが浮かんでいた。

「陛下は？」

「ご無事です。隠し部屋へ避難されています」

「それはよかった。では、私はそちらへ向かおうかしら」

「いや、魔獣が暴れているようだ。先に安全を確保したい」

ルネとデボラの会話にジスランが割り込んだ。

「そう……ね、では先にそちらを片づけましょうか」

「ああ、では行くぞ」

三人は階段を駆け下りると、外へと続く扉へ向かった。

「ねえ、ルネ。あなた杖はどうしたの？」

走りながらデボラがルネに問いかけた。

「持ってないわ。夜会の途中だったし……」

「そう。ならちょうどいいわ。ここで死んで頂戴！」

デボラはそう言い放つと、杖を構えるや否や、火球をルネとジスランに向かって放つ。

目の前に迫る火球が、まるで止まっているかのようにゆっくりと見えた。ジスランの慌てた叫び声が聞こえた。

「ルネ！」

ルネは咄嗟に魔術結界を展開しようとして失敗する。もう身体の中に結界を張れるほどの魔力は残っていなかった。

（私、ここで死ぬの？　嫌だ！　ヴィ師匠！）

ルネは強く目を瞑った。

「ルネ！　このばか者が！」

ここにはいるはずのない人の声が聞こえた気がした。

救いの手

「ヴィ……師匠？」

ゆっくりと目を開けば、懐かしい太陽の髪が目に入る。

ヴィルジールは杖を構え、魔術結界を展開したままルネを振り返って笑った。

「どんなときでも杖を手放すなと教えたはずなのだがな……」

「申し訳……ありません」

ルネの目に涙があふれた。涙に滲んだ視界にヴィルジールの暁色の瞳が映った。

（もう、会えないと思ったのに……。嫌われて、見捨てられてしまったはずなのに……助けに来てくれた！）

こうして愛しい人の姿を目の当たりにすると、それだけで喜びが湧き上がる。

魔力を完全に使い果たしたルネは、ゆるゆると地面に座り込む。ルネの身体が完全に床に沈み込む前に、ヴィルジールが腕を掴み、身体を引き上げた。

ヴィルジールは片腕でルネを支えると、無事を確かめるように強く抱き寄せた。

（やっぱりヴィ師匠だぁ……）

久しぶりに感じるヴィルジールの爽やかな野の草のような香りに、ルネは緊張していた身体から力が抜けるのを感じた。

「よくここまで守ったな……。ルネ、よくやった」

「はい、……ヴィ師匠」

ルネは声を詰まらせながら、師の言葉にうなずいた。

「あとは、私に任せよ」

「……はい」

どうしてヴィルジールがここにいるのか、どうしてこんな事態になっているのか、問いたいことはいろいろあったけれど、それよりも、今はここに彼がいてくれるということにルネは安堵した。

ルネがかすかな笑みを見せると、ヴィルジールは優しくルネに向かって微笑んだ。

「さて……、魔術師デボラ。私の愛弟子をかわいがってくれたお礼をせねばな」

ヴィルジールは片腕でルネを支えたまま、デボラに向き直る。

ルネに向けていた笑顔とは打って変わり、冷たい表情でデボラを睨みつけた。

「しゅ、主席！　どうしてここに！」

対するデボラは動揺しきっている。

「王に対する反逆の徒を見逃すはずがない。大人しく投降するつもりは？」

「あれば、こんなことはしていないわよね」

すこしは冷静さを取り戻したのか、デボラは皮肉めいた笑みを浮かべて見せた。

「ならば、遠慮は無用ということか」

ヴィルジールは杖を構え、続けざまに氷の矢を放った。

「ひっ！」

デボラは間一髪で魔術結界を使い、氷の矢を防いだが、たった二本の矢を受けただけで、結界は跡形もなく消滅する。

ヴィルジールは手を緩めることなく、続けざまに矢を放つ。

デボラは結界を再度構成する間もなく、ヴィルジールの矢を受けた。

「きゃああ！」

デボラの腕を氷の矢が射貫いていた。

「あああっ。痛い！　痛い！」

腕だけではなく、太ももあたりにも矢を受けたデボラは、痛みにのたうち回っている。

ルネはその痛みを思って顔をしかめたが、ヴィルジールの表情は変わらない。

「捕縛せよ！」

ヴィルジールの命令に、同行してきた騎士たちが一斉に飛びかかり、デボラを押さえつけた。

「離して！」

暴れるデボラをヴィルジールが鼻で笑った。デボラには騎士の手によって魔力封じの枷(かせ)が取りつけられる。

ヴィルジールの腕の中で、ずっと成り行きを見守っていたルネは、外にいるヤンのことを思い出した。

「ヴィ師匠、ヤンが魔獣に襲われているのです！　すぐに助けを！」

「案ずるな、叔父上が向かわれた」

「宰相様が……。よかった……」

元主席魔術師であるアンリが救援に向かったのであれば、心配は無用だろう。ルネはぐったりとヴィルジールに身体を預けた。

「ルネっ！　大丈夫か？」

抱きしめるヴィルジールの腕に力がこもった。

ふと目を上げれば、心配そうに顔を歪めたジスランが、ルネの顔を覗き込んでいる。

「ジスラン様……、ご迷惑をおかけしました」

ヴィルジールの腕のなかで、ルネは力なくジスランに謝罪した。

「いいや、私がもっとしっかりしていれば……」

「今はそんなことを言っている場合ではない。バリエ騎士団長ジスラン、そなたの職務を果たせ」

ヴィルジールはルネを抱き上げると、ジスランから隠すように遠ざけた。ジスランは一瞬つらそうに目を眇めたが、すぐに気持ちを切り替えて動きだす。

「はっ！　承知しました」

ジスランはヴィルジールが伴っていた騎士を引き連れ、王たちを開放すべく来た道を戻っていく。

「ルネ、そなたは治療が先だ」

「ヴィ師匠……、ごめんなさい」

ルネはヴィルジールの顔を見上げた。

もう会えないかもしれないと思っていた人が目の前にいる。たったそれだけのことが嬉しくて、ルネの目には涙がこみ上げた。涙を見られたくなくて、ルネは咄嗟にヴィルジールの首にしがみつく。

「ヴィ師匠、ありがとうございます」

「礼は助かってからゆっくりと受け取るとしよう。そなたの部屋へ案内しろ」

ルネが行き先を指示すると、ヴィルジールはルネを抱いたまま離宮の中を走るように進んだ。

バタバタと慌ただしく騎士が行き交っているが、あらかた敵は排除し終えたらしく、次第に落ち着きを取り戻しつつあるようだった。

「ここです」

ルネが指さした扉をヴィルジールは蹴破るように乱暴に開いた。夜会の準備のあとが散らばったままの居間を通り抜けると、寝室につながる二つの扉がある。ルネは一方の扉を示すと、ヴィルジールは扉を乱暴に開いた。

それまでの切羽詰まった様子とは打って変わり、ヴィルジールはゆっくりと慎重にルネを寝台の上に降ろした。

ルネは全身が冷たくなっており、もはや手足を動かすのも億劫になっていた。

むき出しになった首筋に手を当てて魔力を量ると、ヴィルジールは忌々しげに舌打ちする。

「いくら非常時とはいえ、こんな風になるまで……。ええい、今は時間が惜しい。口を開けろ」

ヴィルジールはルネに覆いかぶさると、冷たいルネの唇に己の唇を重ねた。いつもはルネの魔力を薄める為に使う唾液が、今は命をつなぐための応急措置となる。ふたりの魔力の相性がよいおかげで、ほとんど意識することなくヴィルジールの魔力をルネに取り込ませることができるはずだ。

ヴィルジールの舌がぬるりと口内に差し込まれる。

「ふ……ん。っく」

喉の奥に唾液を流し込まれたルネは、口の中にあふれたそれを飲み下した。ヴィルジールの魔力を含んだそれは甘く、乾ききった砂漠に降り注ぐ雨のようにルネの身体を潤した。だが、完全に魔力を枯渇させてしまったルネには、わずかな恵みでしかない。

「ヴィ師匠……」

ヴィルジールは土気色のルネの顔を見下ろした。

「仕方がない。少々早いが、杖を身体に入れる。そうしなければそなたの命が持たない」

「杖を……？」

ルネは目を瞬（しばた）かせた。ヴィルジールの顔は真剣そのもので、自分の状態がそれほど悪いのかと、ぼんやりとした意識の中で理解した。

「ああ、これだな」

いつもルネが腰に下げている杖は、寝台のすぐ脇の小机の上に置かれていた。

ヴィルジールはルネの魔力がなじんだ杖を取り上げると、腰の物入れから拳ほどの大きさの六角柱の形をした青い石を取り出した。それはうっとりとするほど透き通り、かすかな室内の明かりを受けて鮮やかに煌めいていた。まるで青い炎が燃えているように、石の中で強い輝きを放っている。

ヴィルジールは杖にその石を取りつけると、横たわるルネの胸の上に杖を置いた。

「すこし熱いぞ」

ヴィルジールが杖の上で手をかざすと、美しく艶やかな光を放っていたそれは一瞬にして形を失った。

「あぁぁあああ！」

身体の中心から生まれる熱に、ルネは悲鳴を上げた。

光の章

破壊と再生

「あぁああ！」

ルネは両腕で自らを抱きしめ、体中を駆け巡る熱に耐える。

先ほどまで全身が冷えて、指先一つ動かせなかったことが嘘のように熱かった。身体の至るところに針を突き刺されたような痛みが走り、意思とは無関係にルネの身体はのたうった。

けれど、先ほどまで土気色だったルネの顔には赤みが差し、額にはうっすらと汗が浮かび始めていた。

「ああっ、あああっ！」

「ルネ、耐えよ」

ヴィルジールは暴れるルネの身体を押さえつけ、ひたすらにルネを襲う熱と痛みが治まるのを待った。

杖をいったん身体に取り込んでしまえば、意識するだけで具現化することができる。また、杖の持つ触媒としての力が引き出しやすくなることにより、魔力も操りやすくなる。けれど、それを行うためにはいくつかの素材と手順が必要とされる。

まずは本人の魔力と親和性が高い杖。魔木（まぼく）と呼ばれる特別な木から作り出した杖を使い込むことで、杖はその術者の魔力になじんでいく。

それから、物質として存在する杖を、純粋な魔力の塊として変換するための魔石。魔石はヴィルジールがルネを弟子として迎えたときから、魔力を石に注ぎ込んで用意をしてきた。彼女の魔力に合わせて魔石に注ぐ魔力を調整するのは、師匠であるヴィルジールの役目だった。

師匠が作り出した魔石と、本人が使い込んだ杖という素材を組み合わせることによって、ようやく杖を身体に収めることが可能となる。

行使する魔術の威力と精度が桁違いに上昇するのと引き換えに、杖を取り込むには大きな痛みを伴った。いくら自身の魔力になじんだ杖でも異物を体内に取り込むことになるので、痛みは避けられない。また、杖を取り込むと異常に生命力が高まるため、身体がその負荷に耐えうるほど成長している必要がある。

ヴィルジールとて、この時期にルネに杖を取り込ませるつもりはなかった。ルネの魔力の成長にも終わりが見え始めていたため、そろそろ準備が必要だとは思っていたが、それはもうすこし先のことになるはずだった。

魔力の根源ともいうべき生命力を削るほどに、ルネは杖の補助なしで魔術を行使し、魔力を使い果たした。その結果、ルネの身体は体温を失いつつある。このままでは鼓動が止まり、死に至る。それを回避するためにヴィルジールは用意していた魔石と杖を使い、杖を身体に取り込むことで低下した生命力を無理やりにでも回復させる策を採ったのだ。

押さえつけていたルネの身体は暴れるのをやめ、次第に落ち着きを見せていった。

「っくう……」

ルネは痛みに全身を強張らせ、背中を丸めて痛みに耐えている。

ヴィルジールは押さえつける腕の力を弱め、慈しむようにルネを背中からそっと抱き込んだ。すこしでもルネの身体に生命力を分け与えるため、ヴィルジールは自らの身体をルネに密着させる。

「ルネ、もうすこしだ。頑張れ」

「ん……っくう」

ルネは痛みに顔を歪めつつ、声を押し殺し、痛みに耐えていた。

ヴィルジールはルネの身体が落ち着きを取り戻すまで、そうっと頭を撫で続ける。やがて、ルネの身体はゆっくりと弛緩し、ヴィルジールにその身を預けた。

ヴィルジールはルネの頬に張りついた夜色の髪をそっとかき分けた。

「ルネ……」

詰めていた息をほうっと吐き出したヴィルジールは、ルネの首筋にゆっくりと手を這わせた。

「よかった……、そなたを失うかと……」

涙に声を詰まらせながら、ヴィルジールは強く、強くルネをかき抱いた。

もしあとすこしでも駆けつけるのが遅ければ、デボラの魔術によって命を落としていたかもしれない。もしあとすこしでもルネが魔力を使いすぎていれば、ときを待たずして彼女は鼓動を止めていたかもしれない。もしあとすこしでも杖を収めるのが遅れていれば、生命力を回復させることは叶わなかったかもしれない。いくつもの困難を乗り越え、本当に瀬戸際のところからルネは生還することができたのだ。

　ヴィルジールはルネを失っていたかもしれない可能性に恐怖し、同時に失われなかった腕の中のぬくもりに心の底から安堵した。

「ヴィ……ししょ……う?」

　呼吸が整わぬまま、ルネはすこしだけ振り返って背後のヴィルジールの顔を見上げた。

「よく……耐えた。魔力がもうすこし回復するまで、このままで」

「は……い」

　ヴィルジールのすこし早い鼓動がルネを包んだ。彼の腕の中でそのぬくもりに包まれたルネは、ひたひたと打ち寄せてくる睡魔に身をゆだねた。

嵐が去って

目を覚ましたルネは、全身をさいなむ鈍い痛みにうめいた。

「……っつ」

「ルネ、目覚めたか？」

すぐ頭の上でヴィルジールの声が聞こえた。

「ごふっ」

叫びすぎた喉はかすれ、ルネはせき込んだ。

「み……ず……」

「喉が渇いたのか」

覆いかぶさる気配と、冷たい感触が唇に触れた。たまらず口を薄く開くと、すぐに冷たい水が流れ込んでくる。

ゆっくりと目を開くと、ヴィルジールの暁色の瞳がじっとルネを見つめていた。

（ヴィ……師匠？　本物だぁ……）

ルネはあまりの身体のだるさに、ヴィルジールに助けられたことが夢だったのではないかと思い始めていた。こうしてヴィルジールの瞳を目にすると、改めて助かったのだと実感する。間近に感じた死の恐怖は、いまだにルネに影響を及ぼしていた。

（どうしてこんなに身体がだるいの？　ああ、そっか。杖を体内に収めたから……）

次第に事の成り行きを思い出してきたルネは、ヴィルジールの顔を見上げた。暁色のその瞳は、これまで見たことがないほど柔らかくとろけ、愛おしいと訴えている。

あまりにも驚きすぎて、ルネはどう反応すべきか迷った。ヴィルジールが口移しに水を飲ませてくれたのだと気づいたルネは、羞恥に頬を染めた。

「ルネ……もっと飲むか？」

ルネはヴィルジールの問いにゆるゆると首を横に振った。ルネは大きく深呼吸をすると、ヴィルジールの手を借りて、寝台の上で身体を起こす。

ヴィルジールは背中に枕をあてがい、ルネが座りやすいように甲斐甲斐しく世話を焼いた。

ぼんやりとしていたルネの意識が次第に覚醒していく。

ふと身体を見下ろすと、夜会のドレスではなく着脱の容易そうな、ゆったりとした服に着替えていた。

「私はどれくらい眠っていたのでしょう？」

「丸一日ほど」

ヴィルジールは寝台の端に腰を下ろし、ルネとはすこし距離を置いて座った。

眠りに落ちる前には枯れ果てていた魔力が、今は満ち足りていることに気づく。

「魔力が……戻っています」

「うむ。杖がうまくなじんだようだ」

これまでに感じたことのないほど、全身に魔力が満ちている。

「杖を具現化してみよ」

「はい……」

ルネはうなずくと、意識を集中させた。

すぐに手の中になじんだ杖の感触が現れる。これまでにはなかった美しい魔石の嵌められた杖がルネの手の中にあった。

（これで、私が師匠のそばにいる必要が本当になくなっちゃったな……）

一人前の魔術師となる前に、彼のもとを去らなければならないことが心残りだった。けれど杖を自在に操る術を得た今、魔術師として一人前だと認められたルネがヴィルジールのもとにとどまる必要性も薄れてしまった。

「状況を教えていただけますか？」

具現化させていた杖を体内にしまうと、震えそうになる声をどうにか抑えて、ルネは努めて冷静に振る舞った。

「現時点での死亡者は二名。怪我をした者は十余名といったところか。王はご無事で、すでに王都へ戻られた。まず……なにから話せばよいだろうな……。すこし長くなるが、すべてはじめからの方がよいだろうな」

ルネは黙ったままうなずいて、先を促した。

「今回の襲撃については、予兆があった。ゆえに、私と宰相は王都でその証拠を固めるべく、動いてきた。その中で王に対する反逆の証拠が見つかり、慌てて宰相と共にこちらの離宮に駆けつけたわけだが……間に合ったと言っていいのだろうな。首謀者と見られる男は捕縛した。他にも手引きした魔術師、騎士を数名確保している」

ルネは恐る恐るヴィルジールに問うた。

「デボラ……は……？」

彼女はルネが魔術師として王宮に勤めるようになって以来の顔見知りだった。ルネに対してずっと優しい態度をとってきたし、顔を見れば声をかけてくれていた。彼女とはそれほど親しかったわけではないけれど、面倒見がよく周囲の魔術師からも慕われているように見えた。

(今回の任務で、仲良くなれたと思ったのに……)

「首謀者は公爵家であった。デボラはその縁者で、主家の意向に逆らうことはできなかったのだろう。枷で魔力を封じた上ですでに王都に連行された」

「そう……ですか。あれ、公爵家ってヴィ師匠の婚約者の方の……？」

ヴィルジールは大きなため息をついた。

「公爵家からそういった申し出があったのは事実だが、婚約などしていないと言っただろう？　婚約話自体も、陛下の周囲から力を削ぐための一手であったようだしな」

「では、あの魔獣も公爵家が？」

数日前にルネたちが行った周囲の探索では、魔獣の気配など微塵も存在していなかった。

「いいや。あれは本当に悪いときに偶然が重なってしまったようだ。それに、魔獣を操ることができるなど、聞いたこともない。宰相とヤンが付近の魔獣はすべて滅したから、安心していい」

「そうですか……」

心の中ではいまだ納得できない部分もあったが、おおよその状況を把握することができた。

ルネは嘆息した。

「本当に危ないところだったのですね。助けていただいたことへの感謝の気持ちは、言葉では言い尽くせません」

「いやに他人行儀だな」

ヴィルジールはぐっとルネに身体を近づけた。ものすごく不機嫌そうな様子を隠そうともせず、ヴィルジールはルネに顔を近づけてくる。ルネの顔のすぐ横に手をつき、彼女から逃げ場を奪うように迫る。

「魔術師としての責務はここまでだ。さて、どうして騎士団長と夜会に参加する、なんてことになったのか、聞かせてもらおうか、ルネ？」

ヴィルジールはまるで魔王のような笑みを浮かべていた。

希望の灯

ヴィルジールの咎めるような目つきに、ルネの心には、なぜだかうしろめたい気持ちが湧き上がった。

「ええっとですね……、ジスラン様に持ち込まれる縁談をお断りするために、協力してほしいといわれまして……、その……お手伝いの一環として？」

しどろもどろになりながら、ルネはヴィルジールを見上げた。

「ほう、それであの男に見立てさせたドレスを着て夜会に参加していたと……」

地を這うようなヴィルジールの声に、ルネはびくりと背筋を強張らせた。

「いつもお世話になっている方ですし……」

「ならば彼とはただの仕事上の知り合いでしかないと？」

「いいえ、そんなことは。よい友人です」

ルネは不意にジスランに告白されたことを思い出した。

（あれ、そういえばジスラン様は私のことを好きだと……。でもお断りしたし……。あれ、私、お断りしたよね？）

返事は急がないと言われ、そのあとに起こった騒動のために、うやむやになってしまったことに気づいてルネは青ざめた。

「ルーネ？」

ヴィルジールの猫撫で声とは対照的に、その表情は厳しかった。

「えっと、好きだと言われたのですが、お返事は急がないと言われましたので……。一緒にお食事をしたくらいですよ……？」

「くそっ、あいつめ……」

ヴィルジールは顔を背けると、忌々しそうに罵った。

ルネはなにかヴィルジールを苛立たせてしまうようなことをしてしまったのかと、不安になる。

「ヴィ師匠？」

ルネは涙目になりながらヴィルジールを見上げた。

ヴィルジールは目を見開き、ルネの腕を掴んだ。

「あの男と付き合う……のか？」

「まさか、私みたいな平民とジスラン様がつりあうわけがないじゃないですか！」

「ならば身分がつりあえば付き合うと？」

「そうじゃなくて……」

（私が好きなのは……ヴィ師匠だから。ヴィ師匠とだって身分なんてつりあってないし、この想いが報われるなんて思ってない。でも、今はまだヴィ師匠への気持ちを諦められない。こんな気持ちでジスラン様の想いを受け入れるのは、失礼だと思うし……）

ルネは未来のないヴィルジールとの関係を思ってうつむいた。

「ルネ……」

ヴィルジールの長い指がルネの顎を捕らえた。強引に顔を上向かせ、視線を合わさせられる。すべてを見透かすようなヴィルジールの暁色の瞳に射すくめられたルネは、動きを止めた。

「そなたは、私の想いを知っていて焦らしているわけではないよな？」

「ちょっと待ってください⁉　どうしてそんなことを私がしなくちゃいけないんですか！」

ルネは怒りに視界が赤く染まった気がした。

（ヴィ師匠の想いって、私の所為で好きな人と結婚できないっていうこと？　私が師匠のことをなんとかして諦めようとしているときに、焦らすとか！　ひどい！）

「ヴィ師匠！　ん……」

怒りのあまり、喚きだしそうになった口をヴィルジールの手が塞いだ。

「好きなんだ」

「んぐ。え⁉　えぇ？　あの、ちょっと……、師匠？」

（いやいや。なにかの聞き間違い？　ヴィ師匠が私のことを好きだって言ったように聞こえた。そうだよね、弟子としての親愛だよね……うん）

「一目会ったときから、ずっとそなたのことを想ってきた。だから、あんな男よりも私を選べ。私と結婚しろ」

「はいぃ？　どういうこと⁉」

（だって、師匠は想う方がいるって言ってなかった？　いえ、ちょっと待って。そういえばヴィ師匠がはっきりと好きな人がいるとは言っていなかった気が……。そう……確か、結婚しようと思っているると聞いたんだわ。まさか私の早とちり？　うわ。ちょっと、いえかなり恥ずかしい。そして、どうして私なんかと結婚っていう話になるの？　しかもお付き合いとかもなく、いきなり、結婚⁉）

ルネはヴィルジールの腕の中でじたばたと暴れた。

そんなルネを押さえつけ、ヴィルジールはルネの頬に、額にと口づけの雨を降らせる。

「や、ちょっと！」

「そなたが誰を想っていても、手放す気はない。もし逃げ出そうとするなら、鎖でつないで逃げ出せないようにしなければ……。魔道門(ゲート)を使われたら困るから、魔力封じの枷も必要か……」

「ちょ、ちょっと待ってください。ヴィ師匠！　発言がどんどん不穏な方向に向かってますよ？」

「そなたが私の気持ちを信じないのが悪い。どうしたらわかってくれるのだ？」

「だってヴィ師匠、好きだとかそんなこと、一言もおっしゃっていませんでしたよね？」

「んん？」

ヴィルジールの動きが止まった。

「言ってなかったか？」

ルネは黙ったままこくこくとうなずいた。

「……なんという失態だ」

ヴィルジールは目を手で覆うと、天を見上げた。あー、とか、うー、とか、仰いだままうなっていたが、大きなため息をつくと、表情を真剣なものに一変させる。暁色の瞳に焼け焦げてしまいそうなほどの切望を宿して、ルネの瞳を見つめた。

「ルネ。そなたのことを愛している。ずっと私のそばにいてほしい」

じわじわとヴィルジールの想いを理解したルネは、顔を真っ赤に染めた。

（どうしよう。もう、心臓が止まりそう）

「えっと……私も、ヴィ師匠のことが好き……です」

――ときはすこしさかのぼる。

ルネが王の北部地方の視察に出発してしばらくのことだった。

さっさと王都での仕事を片づけて、ルネが離宮で夜会に参加する前にジスランから奪還したいと考えていたヴィルジールは、焦っていた。夜会が明日へと迫った今日、ヴィルジールは縁談を持ち込んできた公爵家からお茶会の招きを受けていた。

いきなり敵の本拠地に乗り込むことになるが、その価値は十分にある。

冒険なくして得るものなしという故事のごとく、ヴィルジールは少々の危険を冒してでも早く決着をつけたかった。

宰相アンリと相談の上、彼の家についての下調べは十分に済ませていた。

特に周囲に脅威のない状況において、不自然なほど武器商人との取引が多い。武器を買い集めること自体は問題ではないが、その目的が問題だった。

そうして、ヴィルジールは秘密裡(ひみつり)に調査を行うのが得意な部下を従者に装わせて、公爵邸へと乗り込んだのだった。

一の郭の中でも王宮への門にかなり近い場所にある公爵家の屋敷はかなり大きく、その爵位に相応しい威容を誇っていた。

美麗に装飾された玄関の扉をたたき、従者に扮した部下がヴィルジールの来訪を告げる。すぐに執事が現れて、恭しい態度で内部へと誘われた。

豪奢な造りの応接室で、目当ての人物が現れるのを待っていたヴィルジールは大きなため息をついた。

（王宮にも劣らぬ財力を持つという噂はこの部屋が原因か……）

柱には過多と思えるほど華美な装飾が施されており、見る人が見れば、その優美な曲線に感心するのだろう。だが、あいにくと質実剛健を規範とするヴィルジールの家系とは価値観が違いすぎて受け入れられそうにない。

やがて、現公爵家当主のモルガンが、娘のソランジュを連れて姿を現した。

モルガンは王家によく見られる黒髪をしており、ちらほらと白いものが混じっていた。うしろに続く娘のソランジュは、美姫と名高い母親の容貌を受け継いでいるようだ。茶色がかった金色の髪を高く結い上げ、ゆったりと歩く姿は、己の美貌を認識し、その影響を熟知した女のものだった。

だが、ソランジュの美貌はルネしか眼中にないヴィルジールにはすこしも感銘を与えなかった。

「モルガン公爵、お招きありがとうございます」

「よく来てくれた、ヴィルジール殿。こちらは娘のソランジュだ。将来有望な主席魔術師である君に、きっと役に立つと思い、この場を設けさせてもらったのだ。さ、ソランジュ」

公爵はにこにこと、いかにも善良そうな笑みを浮かべて、ソランジュをヴィルジールに紹介した。

「娘のソランジュです。魔術師としてご高名なヴィルジール様にお会いできて光栄です」

「お初にお目にかかります。主席魔術師ヴィルジールです」

ヴィルジールの熱意のない挨拶に、ソランジュはかすかに目を眇めた。

（しまった。無愛想すぎたな。油断させるためには、もっと愛想よく振る舞わなければならぬのに……）

ヴィルジールは面倒だと思う心のままに、無愛想な挨拶をしたことを悔いた。

（仕方がない。ルネとのあいだに横たわる障害を排除するためだ。我慢、我慢だ！）

そう己に言い聞かせながら、なんとか笑顔を作って公爵と令嬢に微笑みかける。

「申し訳ありません。麗しき高貴なお方の前で緊張しているようです」

「あら、うふふ」

ソランジュはすぐに表情を取り繕い、上品な笑顔を浮かべた。

「ふふふ、ソランジュ。美しすぎるのも罪なことだね」

（ああ、くそ。虫唾が走る）

ヴィルジールは内心で目の前のふたりを罵倒しながらも、表面上はにこやかな表情を作る。

「そうだ、ソランジュ。ヴィルジール殿を美しい我が家の庭に案内するといい」

「承知しました。お父様」

ソランジュは従順にうなずくと、ヴィルジールを誘って応接室から中庭へと続く扉を侍女に開けさせる。

「さ、どうぞ。ヴィルジール様」

「楽しみです」

ヴィルジールはソランジュのあとに従って中庭に足を踏み入れた。

季節は秋から冬に差しかかり、常緑樹以外の木の葉はほとんど地面に落ちてしまっている。枯れた色ばかりの庭のどこが美しいのだろうかと、首を傾げつつも彼女のあとについて進んだ。

ヴィルジールは背後に控えていた従者に手を振って合図をした。従者に扮した部下は軽く頭を下げると屋敷の中に姿を消した。

葉を落とした木々のあいだを縫って柔らかな芝の上を進むと、やがて全面に硝子（ガラス）が嵌められた温室が突如として現れた。ドーム上になった温室の中には、この季節にもかかわらず緑が生い茂り、色鮮やかな花が咲いている。

ヴィルジールは温室をさえも備える公爵家の財力に目を瞠った。

「ふふ、父自慢の温室なのです。私も大のお気に入りなのですわ」

「確かに素晴らしい……」

ソランジュは、温室の中に設けられた丸机と椅子にヴィルジールを導いた。

すぐに控えていた侍女がもてなしの準備を始める。

ソランジュに向かい合うようにして腰を下ろしたヴィルジールは、改めて温室を内部から見上げた。

南の地方でしか見られない花や、この時期には咲かないはずの春の花がそこかしこに見られる。

（いくらなんでも金がかかりすぎているだろう。公爵家の領地が豊かだとはいえ、これほどまでのものなのか？）

「どうぞ召し上がって」

ヴィルジールはこの資金の源を探ることを心の隅に留めながら、ソランジュの勧めるお茶に手をつけた。

一口だけ口をつけ、すぐに丸机の上にカップを戻す。

ヴィルジールはかすかに眉を動かした。

ソランジュはお茶の香りを芳しそうに吸い込んで、満足げな表情を浮かべている。

「わたくしもこの温室の植物を世話しておりますの」

「公爵家の趣味のいい温室には、非常に感服いたしました。これだけのものを維持するのは大変だと推察します」

「そうね。美しいものを維持するためには相応の苦労が必要ですわね」

ソランジュの自尊心の高さがうかがえる発言に、ヴィルジールは内心で眉をひそめた。

「どのような苦労があるのでしょう？」

「そうね……、不要な花を摘み取ったり、余計な草を間引いたりすることもときには必要ですね」

「なるほど……」

誇らしげに見上げるソランジュの表情には、媚（こび）が含まれている。

ヴィルジールは早くこの場を立ち去りたい衝動に駆られて、椅子から立ち上がった。ソランジュの目はヴィルジール個人ではなく、彼の外見、主席魔術師や宰相の甥という地位しか見ていない狩人の目だった。

（ああこの女、気持ち悪い。早くルネに会いたい。ルネの顔を見て癒されたい……）

ヴィルジールは突如として立ち上がってしまった行動を取り繕うための言い訳を思いつく。

「せっかくですから、この場の魔力を調和させておきましょう」

「まあ、我が家のために魔術を使ってくださるのですか？」

ソランジュは喜色をあらわにする。

「ええ、私とあなただけの秘密ですよ？」

ヴィルジールは気分の悪さをこらえて、ソランジュに片目を瞑って見せた。

「わかりましたわ」

ヴィルジールは杖を出現させると、温室の内部の魔力の流れを整え始めた。

ゆっくりと杖を振り回し、不足気味の水の属性を周囲から引き寄せる。見る間に木々は艶を増し、花々は蕾をほころばせ始める。

「まあ！　すばらしいわ」

ほうっと感嘆の息をつくソランジュは、目の前の魔術の効果に夢中になっている。

ヴィルジールは注意を自分から反らせられたことに安堵の息をついた。

「さて、あまりあなたを独り占めしていると、お父上のご不興を買ってしまいそうです。そろそろあちらへ戻りませんか？」

「あら、ヴィルジール様が我が家に力を貸してくださるのであれば、私も父も喜びます」

ソランジュはヴィルジールが魔術を使ったことに気をよくしたらしく、媚びた笑みを浮かべてヴィルジールに近づいた。

「いえいえ。これくらいはたいして魔力を消費しませんから」

ヴィルジールは近づいてくるソランジュに湧き上がった嫌悪をこらえて、温室の出口へ歩を進める。これ以上この女性と一緒にいて、嫌悪感を隠せる自信がない。ヴィルジールは足早に来た道を戻った。

屋敷の中に入ると、従者に扮した部下がうなずく。

どうやら目的は果たせたようだ。

ヴィルジールは暇を告げると、すぐに公爵邸をあとにする。


魔術棟に帰り、部下が入手した情報に目を通したヴィルジールは顔色を変えた。受け取った紙片を手に宰相アンリの執務室に息せき切って押しかける。

「叔父上、これを！」

先触れもなく執務室に現れた甥の姿に、アンリは目を瞠った。だが、差し出された紙片を見るなり、すぐに表情を真剣なものへと一変させる。

ヴィルジールが差し出した紙片には王への襲撃を示唆する指示が書かれていた。

「公爵家、なのだな？」

あらかじめヴィルジールが公爵邸を訪ねることを知っていたアンリは、うなずくヴィルジールのしぐさに眉間のしわを深くした。すぐに部下を呼びつける。

「わかった。すぐに手配する。だが、この情報だけではいつ襲撃が行われるのかわからないぞ」

「そんなもの、捕まえてから吐かせればいいのですよ」

「そなた……やることが過激だな。ふぅ、まあいい。目星はついているのか？」

「資金の流れから行くと、恐らくは領地の方に兵が集められているはずです。私はそちらを押さえますので、叔父上は王都の屋敷をお願いいたします」

「わかった」

アンリは立ち上がると、部下に次々と指示を飛ばし始める。手早く命令書に署名をすると、ヴィルジールに差し出した。

「主席魔術師ヴィルジール、王家に対する反逆の徒としてモルガン公爵とその一門を捕縛せよ」

「承りました」

ヴィルジールは魔術師の礼をアンリに執ると、足早に執務室を飛び出した。

数名の魔術師と騎士を引き連れて、ヴィルジールは公爵領に魔道門（ゲート）で転移した。事前に予想していた通り、多くの私兵が公爵領の城下に集められていた。まずは、公爵領の管理を任されている家

令を拘束し、私兵の司令官も併せて捕らえる。

　これほど早く王側が反逆の策謀に気づくとは思っていなかったのだろう。公爵領の重要な人物をほとんど抵抗うけることなく捕らえることができたのを、ヴィルジールは喜んだ。

　私兵を集めることは領主に許された権利である。だが、その目的と、私兵を集めるために使われた資金源が問題となる。

　公爵領の主な税収は小麦などの農作物と南方の国との交易によるものだ。公爵領での小麦の値段がここ数年ほとんど変わっていないことを考えると、交易の利益が多いのだろう。だが、国境を通過する商人の数や荷の量から推測しても、これほどの兵を雇えるものではないとヴィルジールは判断していた。

　ヴィルジールはその資金源に一つの心当たりがあった。

　公爵邸でのお茶会に出されたお茶に、秘密があるのではないか。ヴィルジールはソランジュが供したお茶を一口飲んだときに違和感を覚えた。

　いまだ確証があるわけではないが、あのお茶には麻薬の類が含まれていたのではないだろうか。だとすれば、公爵家の資金源は麻薬である可能性が高い。

　ヴィルジールは城内と城下の徹底的な捜索を部下に命じた。

（こんなことはさっさと片づけて、早くルネのところに行きたいのに！）

　ヴィルジールは苛立ちを募らせながら、家令に対する取り調べに立ち会っていた。

「お前がなにか知っていると？」

「それなりのものを用意してもらえるなら、口が軽くなりそうだなぁ」

　家令は捕らえられてもなお軽薄な口調で、ふてぶてしい態度を崩そうとしない。苛立ちが最高潮に達していたヴィルジールの忍耐力はあっさりと尽きた。

「いい度胸だ」

　ヴィルジールは捕縛されている男に近づくと、魔力を解放した。ヴィルジールの意図を悟った魔術師である部下たちは、さっさと安全な場所まで退避している。

「うえっ、なんだ？」

　ヴィルジールの魔力を至近距離で浴びた家令は、突如としてうろたえ始めた。ヴィルジールは効果が表れ始めたことに満足して、にやりと口を歪めた。

「さて、お前の知ることを洗いざらい吐いてもらおうか？」

「っひ、話す。話します！」

　家令は態度を急変させた。ヴィルジールの畏怖させる意図をもって浴びせた魔力によって、家令は生命の危機を覚えるほどの恐怖を感じているだろう。

「今夜、国王を襲うことになっている」

「なにっ！」

　ヴィルジールは目を見開いた。家令の発言を耳にした周囲もざわついている。

「もっと詳しく！」

「王が離宮で夜会を開く日に、襲撃することになっている」

　家令はがたがたと震えながら証言する。

「陛下の周囲は騎士と魔術師たちが守っている。よほどの兵力がなければ成功しないだろう」

　ヴィルジールの言葉に周囲もうなずく。公爵の私兵のほとんどがこの城に集中していることを考えると、襲撃にそれほど多くの兵力を割いているとは思えない。

「だけど、内部に裏切り者がいたら？」

　ヴィルジールの動きが止まった。

「裏切り者？」

「そう、たとえば……魔術師とかな」

　ヴィルジールの脳裏に、ルネに同行する魔術師の顔が思い浮かんだ。

（確か、ヤンとデボラだったか……）

　それぞれの経歴を思い起こしたところで、ヴィルジールは舌打ちした。

「あの女……！」

　デボラが公爵の縁戚にあたる一族出身であることを思い出したのだ。

「私は一度王都に戻って離宮に行く。あとの手筈（てはず）は頼んだ！」

「ちょっと、主席⁉　待ってくださいよ～」

　言うや否や、ヴィルジールは魔道門（ゲート）を使って転移を行った。見る間に室内から姿を消した主席魔術師に、部下たちはため息を禁じえなかった。

「たしかルネさんが陛下の護衛についていたよな？」

「ああ」

普段からヴィルジールのルネに対する過保護ぶりを知る部下たちは、彼が慌てるのはいつもルネ絡みであることを嫌というほど知っていた。

「公爵家、終わったな……」

「ああ」

部下たちの会話を黙って聞いていた家令は、ようやく恐怖の元凶が去って、身体の震えも止まっていた。

「やっぱり、公爵家は廃絶になるのか？」

不安そうに自分を取り囲む顔を見上げた家令に、部下たちはうなずいた。

「ルネさんに手を出して無事で済んだ奴はいない」

「そうだ。あの方が陰でなんて呼ばれているのか知ってるか？」

首を横に振る家令に部下たちは口をそろえて答えた。

「魔王！」

「なるほど、魔王か……」

浴びせられた魔力に命の危機を覚えた家令は、その陰の呼び名にさもありなんと納得した。

公爵領での任務を放り出して王都へ転移したヴィルジールは、すぐに宰相アンリのもとを訪ねた。

「叔父上、ちょっと離宮に行ってきます！」

「ヴィルジール、待ちなさい！」

アンリの執務室からそのまま転移しようとする気配を感じたアンリは、あわててヴィルジールを引き留めた。

「すこしは落ち着け。主席魔術師として、状況を説明せよ」

「はい……」

焦るあまり、宰相に対する報告がおざなりになっていたことに気づいたヴィルジールは、しぶしぶアンリに向き直る。連日の激務に、アンリの顔色はあまりよくなかった。

たぶん自分の顔色も似たようなものだろうと想像はついたが、どうにかなるものでもない。ヴィルジールは逸る心を抑えてアンリに向き合った。

「公爵領での捜索はどうなっている？」

「家令と私兵の司令官を捕らえてあります。家令から今夜、離宮での夜会で陛下を襲撃するという情報を得ましたので、これから向かいます」

「敵の規模はどれくらいだ？」

「兵はそれほどではなさそうなのですが、魔術師に裏切りの気配があると……叔父上？」

急に椅子から立ち上がったアンリに、ヴィルジールは驚きの目を向けた。

「そなたひとりで行ってどうなるものでもあるまい。騎士団からも手勢を借りよう。私も一緒に行く」

「宰相自ら動かれるのですか？」

「陛下がおられる場所に行くだけだ。なんの問題がある？　それに……反逆者を一掃できる絶好の機会だ。逃すわけにはゆくまい」

「王の留守を預かる身では？」

「陛下が危ないというときに、留守もなにもないだろう？」

王のためならば手段を選ばない叔父の姿勢に、やはり血がつながっているのだな、とヴィルジールは変なところで感心する。

そうして、ヴィルジールはアンリのほかに数名の騎士を伴って、一気に離宮へと転移した。

さすがに長距離の転移には多くの魔力を必要としたが、元主席魔術師であるアンリの力を借りれば、さほどの困難でもない。

たどり着いた離宮は混乱を極めていた。入り口付近では逃げ出そうとする貴族たちや、それを誘導する騎士などが入り乱れ、怒号が飛び交っている。

「どうなっている？」

「魔獣の気配がします」

探索魔術を使っていたヴィルジールが、アンリの疑問に答えた。

「こんなときに！　どのみち状況も把握しなければならぬ……。仕方がない」

アンリは杖を具現化させると、ヴィルジールと同じく探索魔術を使用する。

アンリもヴィルジールも魔道門（ゲート）による魔力への影響などものともせずに、探索魔術を使用する。

魔獣の気配がするのは離宮の外側だ。夜会が行われているはずの会場とはすこし離れている。

「私は陛下のところへ向かう。緊急時は隠し部屋へ退避することになっているからな。裏手から回って直接二階の大広間に行く。そなたは中から魔獣の気配がある場所へ。魔獣がいるのならばルネもそこだろう」

「承知しました。お前たち、半分でいい。ついてこい」

ヴィルジールは騎士に声をかけると、いきなり駆け出した。

「お待ちください、主席殿！」

体力で勝るはずの騎士たちがヴィルジールに置いて行かれそうになって慌てている。けれど王のことよりもルネの身を案じていたヴィルジールは、騎士たちには目もくれず一直線に大広間を目指した。

二階へと続く階段に差しかかったとき、ヴィルジールの目に愛しい娘の姿が飛び込んできた。

(無事だったか！)

ヴィルジールの胸を安堵が支配した。だが、ルネの顔色は異常に悪く、魔力切れを起こしているのは明白だった。

「ルネ！」

ジスランの悲痛な叫び声が聞こえた。

ルネの前では、デボラが杖を掲げており、彼女の生み出した火の玉が今にもルネたちを襲おうとしている。

(いかん！　間に合え！)

ヴィルジールは握りしめていた杖を胸の前で掲げ、魔術結界を展開する。そのまま走り出してルネとデボラのあいだに身体を割り込ませた。

デボラの手を離れた火球がヴィルジールのすぐ目の前で結界に阻まれ、消滅する。

「ルネ！　このばか者が！」

心臓が痛いほど早く鼓動を打っている。

振り返ったルネはずるずると床に座り込もうとしていた。あわててヴィルジールはルネに駆け寄ると、彼女の身体を引き上げ、抱きしめる。

（ああ、ルネ！　無事でよかった）

驚くほどルネの体温が低いことが、ヴィルジールには気になった。

ルネは杖を手にしていなかった。おそらく、杖の補助なしに魔力を使ったのだろう。

仲間のことを心配していたルネを安心させると、裏切り者であるデボラを捕縛する。

王はすでに隠し部屋に逃れているようだったので、ジスランにそちらを任せる。連れてきた騎士がいれば問題ないだろう。

今、最も命が危険なのはルネだった。

ルネの首筋に手を当てて魔力を量ると、ほとんど魔力を感じることができなかった。冷えきった身体は、かなり生命力が低下していることを告げている。

ヴィルジールは一刻の猶予もないことを悟った。

（こうなってしまっては杖を体内に収めるしかない。だが成功する確率は五分……）

いくら杖の力で生命力を高められるとしても、もとが少なくてはどうしようもない。だがほかに方法はなく、ヴィルジールはすぐに実行に移した。

ずっと肌身離さず持っていた魔石を使い、ルネの使っている杖を魔力の塊に変換して身体に収める。

「ああっ、あああっ！」

痛みと熱に苦しむルネを押さえつけながら、ヴィルジールはひたすら祈った。

（頼む、どうか私からルネを奪わないでくれ……。ルネ、私を置いていくな）

長いようで短い時間が過ぎ、ルネの呼吸が次第に穏やかになっていた。ルネの強張っていた身体からも力が抜けていくのがわかる。

ルネの汗で顔に張りついた髪を避けてやりながら、ルネの身体が通常に戻りつつあることを確認する。わずかずつではあるが、魔力も回復してきている。

（よかった……、もう大丈夫だ。ルネを失ってしまうのかと……）

ヴィルジールは腕の中で眠りに落ちるルネの身体を強く抱きしめ、彼女が助かったことをようやく実感したのだった。

ルネの寝息が深いものに変わったのを感じて、ヴィルジールはそっと寝台に彼女を横たえた。

魔力を回復するために身体が睡眠を必要とするはずだ。

ふと気づくと、寝台の上のルネの身体は初めて見るドレスに包まれていた。美しいドレスは彼女によく似合っていたが、露出している部分も多く、この身体が多くの目にさらされたのだと思うと苛立ちが募った。

（そういえば私はルネがドレスを着ている姿を見たことがない気がするぞ？）

ルネは休日でもローブ姿でいることが多く、着飾った姿を見たことがない。このドレスはきっとジスランが選んだのだろう。悔しいが、彼のドレスを見立てる目は確かだ。流行の最先端というわけでもなく、それでいて地味すぎず、ルネのかわいらしさをよく引き立てている。ジスランがルネのことをよく見ていると思わせるドレスだった。

（ルネが元気になったら、私好みのドレスを着せよう）

ヴィルジールは心に固く誓った。

ドレスのままでは寝にくいだろうと思い立ち、ルネの部屋のクローゼットを漁（あさ）る。柔らかで着心地のよさそうな部屋着を見つけると、それを手に寝台に眠るルネに近づいた。

深い眠りにつくルネはすこしくらいの刺激では目覚めないだろう。

ゆっくりのルネの身体を転がしてうつ伏せにすると、背中のひもを緩めてドレスを脱がせていく。すっかり汚れてしまったドレスをたくし上げて脱がせると、白い補正下着が胴を覆っている。これもひもを緩めて脱がせると、ルネがほうっと大きく息をついた。

（これですこしは楽に眠れるだろう）

真っ白で滑らかな背中の感触に、ヴィルジールは気づけばそこに口づけていた。ルネの肌が甘く香り、思わずそのまま舌を這わせた。すこし汗ばんでいた肌はかすかな塩味を伝えてくる。

（いつもなら甘い声で啼（な）いて、身体を震わせるのに……）

深く眠るルネは、ヴィルジールの望む反応を返してはくれない。

（さすがに意識がないルネを抱くのはまずいか……。だが、ルネが生きているということを確認したくてたまらない。もし意識があったら彼女の中にねじ込んで、揺さぶって、どれほど彼女が泣いても、許してはやれぬだろうな……）

あまりの自分の人でなしぶりに、どこかおかしいのだろうとは思う。

（すこし自分の手元から離しただけで、死にかけるとは、許せぬ……）

ぐつぐつと心の中で怒りが沸き起こる。

そのとき、ルネの身体がふるりと震えた。上掛けもなく下着一枚で放置したため、寒かったのだろう。ヴィルジールは仕方なく心に蓋をして、脇に置いておいた部屋着を頭からすっぽりとかぶせる。上向きに体勢を直してやり、上掛けまでしっかりとかけ直すと、ヴィルジールは後ろ髪を引かれる思いでルネのそばを離れた。

このままでは本当に意識のないルネを奪ってしまいそうだった。

扉をうしろ手に閉めると、居間を通り抜けて廊下に出る。そこにはアンリが厳しい形相でヴィルジールを待ち構えていた。

「ルネ嬢の具合は？」

「杖なしで限界まで魔術を使ったようです」

「なんだと⁉　大丈夫なのか？」

同じ魔術師として魔力を枯渇させる危険性を知るアンリは、顔を青ざめさせた。

「ルネに杖を入れました。症状も落ち着いてきたので、大丈夫でしょう」

「そうか……それならひと安心か」

ほっとするアンリに、ヴィルジールは本来の目的を思い出して尋ねた。

「それより陛下はご無事で？」

「ああ、隠し部屋に退避されていた。先ほど騎士団長と一緒に王都へ転移していただいた」

「そうですか、よかった……」

とりあえずは襲撃の魔の手から王を守ることができたらしい。

厳しい顔を緩め、疲れた笑みを浮かべるアンリに、ヴィルジールは弱々しく笑みを返した。

「大変なのはこれからだ。犯人の取り調べに、背後関係の調査など問題は山積みだぞ」

「……ですね」

「私もすぐに王都へ戻る。公爵の取り調べを他の者に任せるわけにはいかないからな。こちらの後始末を頼むぞ」

「承知しました」

ヴィルジールはアンリに魔術師の礼を執った。

アンリはヴィルジールの肩に手をかけると、ゆっくりとした足取りでその場を立ち去った。

「仕方ない。頑張るか……」

ヴィルジールは大きなため息をつくと、夜通し離宮の中を駆け回ることになった。怪我をした者の治療を行い、離宮内の安全を確保し、残された貴族や護衛の騎士から聞き取りを行い、怪しい人物がいないか調査を行う。

　翌朝日が昇るとすぐに、ヴィルジールはヤンとふたりで魔獣が現れた場所を念入りに浄化した。

　そして、ルネが目を覚ますまでには、ある程度の後始末は目処がついていた。さすがに動きどおしで、疲れを感じたヴィルジールは、休む前にルネの様子を見ようと彼女の寝室を訪ねる。

　寝台に横たわるルネの顔色は、すっかりよくなっていた。

「ルネ……」

　ヴィルジールは眠るルネの顔をじっと見つめた。

（いろいろと聞きたいことはあるが……、とりあえず覚悟しておけよ？　一人前になるまで結婚は待つといったが、撤回だ！　目を離したのはほんの数日だというのに、死にかけるとか！　私の目の届かぬところへなどやれるものか！）

　ふとルネが身じろいだ。

　そろそろ目を覚ましてもおかしくない頃だ。ヴィルジールはルネが目覚めるのを見守った。

　ヴィルジールが愛しくてたまらない月色の瞳がゆっくりと開かれる。

（ああ、ルネ！）

　胸に愛しさがこみ上げる。

（好きだ。心の底からそなたを愛している）

　喉の渇きを訴えるルネに口移しで水を飲ませると、すこしは落ち着いたようだ。

　経緯のあらましを説明しつつも、元気そうなルネの様子に安堵がこみ上げる。

だがそんな安らかな心地も、ルネの他人行儀な礼の言葉で、あっという間に吹き飛んでしまう。

ヴィルジールは今こそ、気になっていたジスランとの関係を問いただすべきだと感じた。

「さて、どうして騎士団長と夜会に参加する、なんてことになったのか、聞かせてもらおうか、ルネ？」

縁談を断る口実に協力しただけだとルネは主張するが、そんなことは信じられなかった。あのようなドレスを贈る以上、それだけの感情ではないとヴィルジールには断言できた。

「えっと、好きだと言われたのですが、お返事は急がないと言われましたので……。一緒にお食事をしたくらいですよ……？」

（やっぱり、あいつめ！　上品ぶった顔して、やっぱり下心満載ではないか！　あれほどかわいいルネの姿を目にして、我慢などできるはずがない。というか、私なら我慢できぬ！）

ヴィルジールは心の中でジスランを罵った。

「ヴィ師匠？」

潤んだ瞳でルネに見上げられて、ヴィルジールの理性は風前の灯だった。

「あの男と付き合う……のか？」

（これほど私を夢中にさせておいて、私を捨てるのか？　そんなことは許さぬ！）

気づけば無理やりルネの唇を手で塞いでいた。彼女の口からほかの男と付き合うなどという答えを聞きたくなかった。

「好きなんだ。一目会ったときから、ずっとそなたのことを想ってきた。だから、あんな男よりも私を選べ。私と結婚しろ」

　ずっとルネの負担にならぬよう、心に秘めていた想いが口を突いて出ていた。

　じたばたと暴れるルネを押さえつけ、想いのままに顔中にキスを降らせた。

「や、ちょっと！」

「そなたが誰を想っていても、手放す気はない」

（ルネが心をくれないというのなら、身体だけでも私のものだ。もし逃げ出そうとするなら、鎖でつないで逃げ出せないようしてやろう。魔道門（ゲート）を使われたら困るから、魔力封じの枷も必要か……。どれほど泣いても、もう逃がさぬ！）

　ルネは抵抗しているが、構うつもりなどなかった。

「そなたが私の気持ちを信じないのが悪い」

（そうだ。どれほど私がそなたを愛しているのか、身体に教え込んでやろう。今まではかなり手加減していたのだ。これからはそんなもの不要だな。あんなことや、こんなことだって……）

「だってヴィ師匠、好きだとかそんなこと、一言もおっしゃっていませんでしたよね？」

「んん？」

　ルネの言葉に、妄想の世界に入り込んでいたヴィルジールの意識が引き戻された。

（今、ルネはなんと言った？　好きだと言っていなかったと？　もしかしてルネもすこしは私に好きだと思っていてほしかったということか？　そもそも、ルネにきちんと愛の言葉を告げただろうか？　うむむ？）

「言ってなかったか？」

ルネが黙ったままうなずく。

(なんということだ！　私の想いはルネに伝わっていなかったというのか⁉　今から想いを告げても、間に合うのか？　もしかして私の想いを受け入れてくれると？)

ヴィルジールは高鳴る胸の鼓動に、大きく息をついて気持ちを落ち着け、口を開いた。

「ルネ。そなたのことを愛している。ずっと私のそばにいてほしい」

(ルネ、頼む。うなずいてくれ！)

ルネの顔が次第に赤く染まっていく。

「えっと……私も、ヴィ師匠のことが好き……です」

(本当に？　ルネが私のことを好きだと？)

ヴィルジールの心臓は破れてしまいそうなほど高鳴っている。

(まさか師匠として好きだとかそういった落ちではないよな？)

「本当に？　私がそなたを女性として愛おしいと思うように、そなたも私を想ってくれているということか？」

「……はい。ずっと、ヴィ師匠のことをお慕いしています」

真っ赤になりながらも、じっとこちらを見上げるルネの顔には愛おしさがあふれていた。ヴィルジールの胸に愛しさがこみ上げる。

(もう……、我慢できぬ)

寝台に座るルネの身体を強く抱きしめる。

(私のものだ。今すぐルネを抱いて、互いの愛を確かめ合うのだ)

「ルネ……」

ルネの唇に己のそれを重ねる。ただ触れ合うだけの口づけでしかないのに、気持ちがよくてたまらない。腰のあたりに重くしびれるような快感が走り、欲望が募っていく。それ以上、ルネを大切に扱いたい気持ちがこみ上げる。

そっと唇を舌でつつくと、ルネはなんの抵抗もなく唇を開いた。

(ああ、好きだ。好きだ。好きだ!)

ルネの口の中をそっと探り、彼女の舌に舌を絡めると、おずおずと舌を絡めてくる。初めてキスに積極的に応えてくれるルネに、ヴィルジールはいつまでも口づけていたくなる。

「ヴィししょう……」

すこしだけ舌足らずなルネの呼びかけに、ますますヴィルジールの欲望は募った。

「ルネ……、ルネ……!」

ルネの唇から徐々に唇を下へと動かしていく。細い首筋をたどり、襟元を広げて鎖骨のあたりをあらわにする。

「ヴィししょう……! 　だめ……」

「なにがだめなものか」

かわいらしい抗議の声さえ、ヴィルジールを駆り立てるスパイスになる。

「だって……あの……、あんっ！」

鎖骨のあたりを強く吸い上げると、ルネは愛らしい声を上げた。

「すみません。お取込み中のところ大変申し訳ないのですが、主席の手をお借りしたく……」

振り返った戸口には、非常に申し訳なさそうにたたずむヤンの姿があった。

弟子の迷い

容態が急変した人がいたらしく、ヤンに呼ばれたヴィルジールは、すぐにルネの部屋から出ていってしまった。結局、その日のうちにヴィルジールがルネのところに戻ってくることはなかった。

翌日、ルネはヴィルジールと共に、離宮に取り残されていた王子や騎士たちと一緒に王都へ帰還することが決まった。これ以上視察を続けることはできないため、最短距離で王都へ向かう。

まだ魔力が完全に回復していないこともあり、魔術の行使をヴィルジールに禁止されてしまったルネは黙って馬に乗っているしかなかった。

ルネに考える時間だけはたっぷりと与えられている。馬の背に揺られながら、考えるのはヴィルジールのことばかりだった。

(私、ヴィ師匠に求婚されたんだよね?)

昨夜の出来事であるはずなのに、どこか遠くに感じてしまう。慌ただしく離宮を出発してしまったために、ほとんどヴィルジールの顔を見ていないせいかもしれない。

(しかも、一目会ったときから、って言っていた気がする。初めて師匠に会ったのは、学院だよね……。えぇ、そんなに昔から？　ぜんぜんわからなかったよ……)

もっとヴィルジールと話したい衝動に駆られる。だが、怪我人の面倒を見ているヴィルジールは遠くから見ても忙しそうだ。

（こんなことで邪魔をしちゃだめだよね……）

彼の姿を見ていると我慢できなくなってしまいそうで、ルネはヴィルジールとすこし距離を置くことにした。

あたりを冷たい風が吹き抜ける。

とぼとぼとうつむきがちに馬を進めるルネの胸には不安が募り始めていた。

（ヴィ師匠は結婚しろ、って言っていたけど、さすがに結婚は無理だよね……。平民だし、私じゃ師匠の役に立てないよ……）

否定的な考えばかりが浮かんでくる。

王都の城門をくぐり、三の郭に足を踏み入れても、帰ってきたという喜びはない。

皆が王都へ帰り着いたことを喜んでいる中で、ルネだけがどんよりと落ち込んでいた。

（だめだ……、もう考えすぎてどうしたらいいかわからない。疲れたし……寝よう）

王城に到着すると、ようやく自由に行動することを許される。ルネは厩舎に馬を返して世話を頼んだ。本来ならば自分で世話をすべきなのだが、そんな元気もなかった。

ルネは魔術棟の自室へ足を向ける。留守中でも掃除の手が入っていたようで、部屋の空気は澄んでいた。

浴室でさっと身体を洗って、ガウンを羽織ると、寝台に倒れ込む。顔をうずめた上掛けからは太陽の匂いがした。なんとか上掛けと敷布のあいだに潜り込んだ頃には、ルネの意識は朦朧としていた。

◇◇◇

「ルネ……つれないな」

愛しい人のとろけるような、それでいてすこし責めるような声が自分の名を呼んでいるのが耳元で聞こえた。

「ヴィ師匠……ごめんなさい」

夢うつつのままに答える。ヴィルジールの声を聞いて気が緩んだのか、ルネの目から涙がこぼれた。

「なにを泣く？　帰りのあいだまったく近寄ってくれなかったことも、私を待たずに寝てしまったことも、気にしてないぞ？」

そっと頭を撫でる感触に、現実だと気づいて慌てて目を開く。

「あれ、ヴィ師匠。本物……？」

「どうした？」

「ここ、私の部屋ですよね？」

「そうだな」

ヴィルジールの悪びれない様子に、彼が無断で部屋に入ったことを責めるのは時間の無駄だとルネは悟った。

いやにヴィルジールの顔が近い。爽やかな石鹸（せっけん）の香りがルネの鼻をくすぐった。顔を横に向けるとヴィルジールの腕が目に入る。

ルネを閉じ込めるようにして、ヴィルジールは枕の横に腕をついていた。

薄暗い部屋の中でも、彼の瞳に灯る欲望の炎がありありと見える。ルネは口の中に溜まっていたつばを飲み込んだ。

「ルネ……そなたを抱きたい。だがその前に、なにか不安があるならきちんと言ってほしい。私とそなたには圧倒的に相互理解が足りていないようだ。求婚した返事ももらい損ねているし、そなたがなにを考えているのか、どう思っているのか教えてくれ……」

切なげに目を細めるヴィルジールに、ルネの胸がきゅっと痛んだ。

「わかりました……。ヴィ師匠、この体勢はちょっと話をするのには向いていないと思うので、どいてもらっても？」

「わかった」

ヴィルジールは素直にうなずくと、閉じ込めるようにしていた上半身を起こし、寝台に腰を下ろした。

「さあ、おいで」

両腕を大きく広げて招くヴィルジールのしぐさにルネは首をひねった。

「私の膝においで。そなたの唇に触れぬ代わりに、せめて抱きしめさせてくれ」

「は、……はい」

おずおずとヴィルジールの膝の上に腰を下ろすと、背中をきゅっと抱き込まれる。

ルネの心臓はばくばくと早い鼓動を刻み始めた。

「さあ、話してくれ」

つむじのあたりにヴィルジールの吐息を感じてドキドキしながら、ルネはずっと考えていたことを話し始めた。

「ヴィ師匠の気持ちはとても嬉しい……です。でも……師匠とは結婚はできないと思います」

ヴィルジールは一瞬息を呑んだあと、口を開いたが、言葉にならなかった。しばらくの沈黙のあと、ヴィルジールが口を開いた。

「どうしてだ？」

「だって私なんかじゃ、師匠に迷惑ばっかりで、ぜんぜん役に立てないじゃないですか！　平民で、顔だってぜんぜん綺麗じゃないし、使える魔術だって中途半端で……師匠の妻としてやっていけるはずありません」

ルネの目から静かに涙があふれ、頬を伝った。

ヴィルジールは低い静かな声でルネに問いかける。

「ルネ……、私がそなたに家柄を求めたことがあるか？」

「……いいえ」

「私にはそなたがとてもかわいらしく見える。それでは不満か？」

「……いいえ」

「そなたのことを迷惑だと思ったことなど一度たりともない。そなたがそばにいてくれるだけでいい。それだけで、私はなんだってできる気がするのだ。ルネは私が役に立つから一緒にいるのか？」

「……いいえ」

ルネは勢いよく首を横に振った。

「私も同じだ。そなたが思う以上に、私はそなたの存在に癒されているのだぞ？　そばにいてくれるだけで嬉しい。そしてそなたが心を許し、安らぐのが私の腕の中であれば、もっと嬉しい」

「私でも師匠のお役に立てるのでしょうか……」

不安を映した瞳で、ルネはヴィルジールを見上げた。

「私なんか、私など、と自分を卑下するようなことは言うな。魔術にしても、そなたは中途半端だと言うが、まったく違うぞ？　普通はそれほど多くの属性を扱うことなどできぬのだ。多くても二つか三つ。ルネのように威力は低くとも火、風、土、水の四属性すべてに加えて治癒魔術まで扱える者は稀だ。魔力の成長が落ち着けば、もっと制御も楽になるだろうし、魔力の量も豊富だからすぐに威力も上がるだろう」

あまりに手放しで褒められ、嬉しくもあり、面はゆい気持ちになる。

(師匠の言うことは本当？　私なんかがヴィ師匠のそばにいてもいいのかな？)

長年染みついた考え方をすぐに変えるのはルネにとって難しかった。それでも他ならぬ師匠の言葉であったから、信じたいと願った。

「私の言葉が信じられないか？」

「いいえ……。ヴィ師匠、あなたは言葉が足りないことはあっても、嘘はおっしゃいませんでした。……だから、信じます。自分のことは信じられませんが、ヴィ師匠のことなら……信じます」

ヴィルジールはルネを抱きしめる腕に力を込めた。

「ああ、信じろ。信じられぬというのならば、何度でも言ってやろう」

「はい」

ルネの瞳から再び涙があふれた。

けれど、その涙は悲しみや不安ではなく喜びによるものだった。

「ルネ、そなたの身体にも私が必要としていることを教えたい。抱いてもいいか？」

「……はい。教えてください」

涙の滲む目でルネはヴィルジールを見上げた。

「ふ、煽ったこと後悔するなよ」

ヴィルジールは唇に笑みを刻むと、ゆっくりとルネを寝台に押し倒した。

とろける

ヴィルジールは背中からルネを抱え込んだまま、寝台に倒れ込む。

彼の大きな手と長い指先がルネの手首の内側をくすぐるように撫でた。

「……ぁ」

そこから生まれたざわめきにルネは全身を震わせた。

(わたしの身体、おかしい……。ただ手首に触れられただけなのに……)

首筋に熱い吐息を感じたと思った瞬間、うなじを軽く食まれた。

「んふっ……」

ぞくりと背筋を駆け抜けた感覚に、ルネはいつものように声を殺すことが叶わなかった。

「ルネ、そなたの声が聞きたい」

ヴィルジールの吐息が耳元をくすぐった。いつの間にかローブは脱がされ、あらわになった背中をヴィルジールの長い指がたどる。同時に彼の唇が背筋に沿って降りていく。

ちりりと吸いつくような小さな痛みが走った。

「ふぁ……ん」

ルネは背中をびくりとしならせ、彼が触れた場所から生まれる、肌が粟立つ(あわだ)ような感覚に酔った。

「ヴィししょ……う、だめ……」

「なんだ……？」

ヴィルジールはルネの肌から唇を離さない。

「ど……して、そんなに……？」

「しつこいのか？　それとも、焦らすのか？　か」

問いにならないルネの言葉をヴィルジールが汲み取って問いかけにする。

「ふ……、ようやくなんの邪魔も、遠慮もなくルネを抱けるのだぞ。急いてはもったいないだろう？」

「や……あっ」

ヴィルジールの手がルネの胸を包み込む。柔らかな胸の感触を楽しむように、彼はゆっくりと彼女の頂をもてあそんだ。

きゅっと胸の先を摘まれ、ルネはびくびくと魚のように跳ねた。

「ヴィ、ししょ、っや。おか……しい」

ルネはヴィルジールの愛撫に翻弄され、息が整う暇も与えられない。

「気持ちがよいのだろう？」

満足げなヴィルジールの声に、ルネは恥じらい、身をよじる。

「もっと素直に、感じればいい。そなたが私の手で気持ちよくなってくれれば、私も嬉しい」

「いい……の？　はしたないって、思わない？」

ルネはヴィルジールに抱かれていたあいだ、ずっとそのことが気にかかっていた。治療のために抱かれているのだから、快楽を感じてはいけないと自らに言い聞かせていたのだ。

けれど、こうして治療のためなどではなく、互いに求め合って抱きあうと、恐ろしいほどの快感に支配されてしまう。

「ふふ、本当にかわいいな、ルネは……。思うはずがないだろう」

ヴィルジールはゆっくりと手を下肢に向かって滑らせていく。ちゅ、ちゅ、と音を立てて吸い上げる唇も、同時に下へ向かった。

ヴィルジールに触れられた場所が熱くて仕方がない。くらくらと酔ったように意識に紗がかかる。

「ああーっ！」

ヴィルジールは背後から臀部（でんぶ）のあいだに手を差し込み、ルネの秘所に指を差し入れた。

そこはすでにたっぷりと蜜を湛え、彼の欲望を待ち望んでいる。

「……あぁん」

だが、ルネが期待していた悦楽は与えられず、ヴィルジールの手は花びらのあいだを離れ、太ももへと伸びる。

「ししょお……」

「もうすこしだけ、耐えよ。焦らせばその分、快楽は深くなる」

ヴィルジールはルネの膝の裏に口づけを落としながら、涙で潤むルネの顔を見上げた。

「やぁ……、っも、我慢でき、ないっ」

ルネは首を振って、身体の中で荒れ狂う熱をわずかでも逃がそうとする。

ぽろぽろと涙を流し、快楽に啼くルネの姿をヴィルジールは愛しげに見つめた。

「本当に、かわいい」

ヴィルジールはすばやく自らの服を脱ぎ捨てた。張り詰めた剛直が天を突いている。

恍惚（こうこつ）の中で荒い息をつくルネを仰向けにすると、指を絡めてシーツの上に縫い留める。

「ルネ、愛している」

ヴィルジールはそうささやくと、唇を触れ合わせた。

「……っふ、あ……、ん」

大いに焦らされていたルネは、差し込まれた舌に夢中で吸いついた。

「あ……、あ……」

気持ちよさに、頭がどんどん真っ白になっていく。

いつの間にかヴィルジールの手は叢をかき分け、蜜にまみれた蕾をくすぐった。

指の腹で蕾を捏ねられると、びりびりと稲妻が全身を駆け抜け、身体が張り詰める。

「っひ、っあ、あ……」

ルネは無意識のうちにヴィルジールの背中に縋った。

「あああーっ！」

甲高い声を上げながら、ルネは快楽を極める。

「ルネ……、かわいい」

ヴィルジールの指が余韻にびくびくと震えるルネの中に入り込む。

「っあ、っや、まって、やぁ……ん」

極めたばかりの身体に、ヴィルジールがもたらす刺激は強すぎた。息をするのもままならず、ルネは何度も身体を波打たせる。

「とろとろだ……」

ヴィルジールは内部を探っていた指を引き抜き、舌を出して指についた蜜を舐め、味わった。

「もうすこし、啼かせたかったが、私の方が限界だ」

ヴィルジールはルネをシーツの上に縫い留めると、剛直をルネの秘所にあてがう。

「ルネ……私の名を呼べ」

「ヴィ……ししょう？」

ぼんやりと意識を飛ばしながら、すこし舌足らずになった口でルネは師の名前を呼んだ。

「師匠はいらない。名前だけでいい」

「ヴィ……」

「うむ。それがいい」

ヴィルジールはうなずくと、ゆっくりと楔をルネの中に沈めた。

「っああ！」

恐ろしいほどゆっくりとヴィルジールは時間をかけて一つになった。

これ以上奥に進めないところまで来ると、大きく息をつく。

「ルネ……、柔らかいな。そして、気持ちがいい……」

「私も……です」

ルネは涙で滲む視界にヴィルジールの顔を捉えた。

「ヴィ……、好きです。ヴィ、ヴィ……」

ルネは愛しさを伝える言葉が見つからぬまま、ひたすらに彼の名前を呼んだ。

「ルネっ！　そなたは本当に無自覚に煽ってくれる」

それまで余裕を見せていたヴィルジールの表情が変わった。

暁色の瞳が深く色味を増し、欲望を湛えてぎらぎらと輝く。

ゆっくりと剛直を引き抜き、素早く最奥まで突き上げる。かと思えば、ゆるゆると浅い場所を何度もこすった。

「ん……ぅあ、っふ……く」

緩急自在な腰の動きに、ルネは身体をくねらせ、湧き上がる快楽に震えた。

ヴィルジールを包む内部がうねり、彼の精を搾り取ろうとするようにうごめく。

「ルネっ、そのように締めつけるな」

すこし苦しそうなヴィルジールは、額に汗を滲ませていた。

「ヴィ、……もうっ」

「一緒に、イこう」

ヴィルジールは力強く腰を打ちつけた。

「ひあああっっ！」

強い刺激にルネは身体を震わせる。

「っく、ルネ……、もう、イく」

「きてっ……、ぁあ、あ、んんんっ」

締めつけに合わせて、ヴィルジールは白濁をルネの最奥にほとばしらせた。同時にルネも身体を強張らせ、昇りつめる。

「はあっ、っは、ん……」

ヴィルジールは身体を小刻みに震わせながら吐精する。すべてを吐き出しても勢いを失う気配のない剛直に、苦笑しながら名残惜し気に引き抜くと、ルネを抱き込んで体勢を変えた。

ちょうどルネの頭の上に、口のあたりが位置することを利用して、ルネの髪に何度も口づける。

ルネは荒い息を整えながら、いつもとは異なり、極めたあとも意識を保っていられることに気づいた。

「あ……れ……？」

「ふふ、ようやく気づいたか？」

ヴィルジールが魔力を放つことなく交わったのは初めてだった。

いつもならばヴィルジールの魔力に負け、ルネは意識を失ってしまう。だからこうしてヴィルジールの腕に抱かれているのは、初めてだった。

しっとりと汗ばんだ肌に触れ合っているだけで、けだるさの中にも心地よさが漂う。ルネはヴィルジールの胸に顔をうずめた。

そうしていると、ひたひたと眠気がルネに忍び寄る。

だが、次の一言でルネの眠気は霧散した。

「今の交わりで孕んだかもしれぬ。これでそなたは私と結婚する以外に手はなくなったぞ？」

「えっ？　師匠⁉」

ルネはうずめていた胸から顔を上げ、師匠の顔を信じられない思いで見つめた。

「魔力を交えず、精を与え合わなければ子ができぬことは知っているだろう？」

にんまりと、これ以上はないというほどの笑みを浮かべ、ヴィルジールはルネを熱っぽく見つめ返す。

「ヴィ師匠、どうしてっ！」

「そなたが私の求婚に応じぬならば、いかなる手段をもってしてもうなずかせるだけだ。悩むのは諦めて、私に堕ちておいで……」

ヴィルジールのささやきに、ルネは目を瞑った。

暁にまどろむ

ルネは初めて彼に抱かれたときのことを思い出していた。ゆっくりと目を開き、ヴィルジールの瞳を見つめる。

「ヴィ師匠……、とっくに私は堕ちてます。師匠に初めて抱かれたとき、ようやく気づきました。私は治療のために抱かれたのが悲しかった。それに……ヴィ師匠には婚約者がいると思っていたので、好きになっちゃいけないって、ずっと自分に言い聞かせてました。……無駄でしたけど」

「ルネ……」

ヴィルジールの手がルネの髪を撫でている。

「好きですよ……ヴィ師匠。だけど……結婚はもうちょっとだけ待ってもらえませんか？　以前、私が一人前になるまで待つ、と言ってくださいましたよね」

（そう……。私はまだとても一人前と呼べない。師匠がいなければ、なにもできないなんて、嫌！　師匠と対等になれるなんて思わない。でも、今ヴィ師匠と結婚してしまったら、私は二度とひとりで立てなくなる気がする）

どうか、わかってほしいと祈りを込めてヴィルジールの瞳を見つめる。

「……そなたを甘やかして、私なしでは、なにもできぬようにしてしまいたい。……そう思うのは私のわがままなのだな……」

　ヴィルジールは苦笑を滲ませながら、ルネに告げた。

「ヴィ師匠……、待っててくれますか？」

「ああ。いつまでも待つ、と言いたいところだが、それほど長く我慢できそうにない。さっさと一人前になれるよう厳しく指導するから、覚悟しておけよ？」

「はい！　ヴィ師匠。私、がんばりますから！」

　ルネは喜びのままにぎゅっとヴィルジールにしがみついた。

「ああ、そうだ。一つ言い忘れていた。もうルネが魔力過多で倒れることはないだろう。杖も上手くなじんだようだし、治療のためにそなたを抱く必要はなくなったぞ」

「本当ですか？」

　ヴィルジールの言葉にルネは喜色をあらわにする。色めき立つルネに、ヴィルジールは満面の笑みを浮かべてうなずいた。

「ああ。だから……、これからはそなたを抱きたいから抱くことにする」

「ええっと……、その……、ヴィ師匠？」

　抱きしめられ、密着する下半身にヴィルジールの熱い昂ぶりが触れていた。

「ということで、次はもっとゆっくり楽しもう」

「あああ、あの、……このまま、眠るのは……無理……ですよね」

　顔を真っ赤に染め、挙動不審なルネの様子をヴィルジールは目を細め、愛しげに見やる。

「無理だ」

ヴィルジールは黒い笑みを浮かべた。

「それから、呼び名が師匠に戻っているぞ。ヴィと呼べ」

「ぁあ、は、ぃ……」

ルネの返事はヴィルジールが胸に吸いついたことでかき消された。

快楽の熾火が残った身体はたやすく再び燃え上がる。ルネは身体をびくりと跳ねさせた。

「ヴィ……、や……、こわい……」

「今更か？」

「だって……おか……しい。こんなに……きもちいいの……。今までと、違いすぎて」

ヴィルジールの愛撫は途切れることがなく、ルネはそのたびに息を詰めながら、なんとか疑問を口に上らせる。

ヴィルジールはもてあそんでいた胸の頂を口から離すと、ルネの頬をそっと撫でた。

「私もだ。こうして……触れているだけで、頭がおかしくなりそうだ」

熱い吐息と共に彼の愛撫が再開される。ルネはヴィルジールの手で何度も昇りつめ、意識が朦朧とするまで責め立てられた。

「……ん、っや、っもう、むりっ……」

「まだ、イけるだろう？」

ヴィルジールはルネを容赦なく突き上げ、揺さぶった。先ほどは使わなかった魔力も使われ、ルネは嵐の中の小船のように翻弄される。

夜が明け、東の空が暁色に染まる頃、ようやくヴィルジールはルネを解放した。

「もう、無理です。眠らせて……ください」

「わかった……」

不服そうなヴィルジールの様子に、ルネは小さく笑った。

疲れてぐったりするルネの身体を、ヴィルジールは背中から抱き込んでくる。ぬくもりと触れ合う肌の心地よさに、すぐさま眠気がルネを襲う。

「ヴィ……、好きです」

ヴィルジールの腕の中で、半ば睡魔に意識を支配されながらもルネはつぶやいた。

「ああ。私もだ……」

なんとも言いようのない幸福に、ヴィルジールの顔はほころぶ。

「愛している」

ヴィルジールのつぶやきを聞きながら、ルネは浅いまどろみに身を任せた。

それから

国王の襲撃事件から数日が過ぎた。

公爵が事件の黒幕であることが明らかにされ、宮廷は大いに揺れた。公爵は領地を没収され、一族はその地位を失っている。

反逆に加担した者が徹底的に洗い出され、王宮には粛清の嵐が吹き荒れた。

ルネもまた後処理に追われ、忙しく過ごしていた。デボラ以外にも魔術師の中で公爵に力を貸していた者たちがいたことも調査によって発覚したのだ。その数は予想以上に多く、師匠共々その対応に苦慮していた。

罪の軽かった者は軽い処分で済んだが、デボラのような直接の襲撃にかかわった者は、魔力を封じられた上、投獄されるなどの重い処分が下されている。

そうした対応にも一定の目処が立ち、すこしだけ落ち着きを取り戻した頃、ルネはジスランと顔を合わせた。

宰相に用事があって政務棟を訪れたルネは、廊下を歩いてくるジスランに気づいた。

「忙しそうだな」

「ジスラン様の騎士団ほどではありませんが。顔色があまりよろしくありませんね」

ジスランは以前よりも少々痩せたようだ。その分、精悍（せいかん）さを増した彼は、このような場所で立ち話もなんだからと、ルネを政務棟の裏庭へと誘った。

ルネはしばし手にした書類に逡巡したが、ジスランの誘いにうなずく。

訪れた裏庭には高低差のある草花が配置され、穏やかな雰囲気を見せている。冬でも鮮やかな花を咲かせる植物が植えられ、丹精を込めて世話がされているようだった。空はどんよりとした灰色で、すこしだけ雪がちらついていた。

夜会の晩に彼から告げられた言葉を忘れたわけではなかった。だがルネはヴィルジールの想いを受け入れてしまったのだから、一日も早くきちんとジスランに返事をすべきだと考えていた。

互いに忙しいことはわかりきっており、今日までそんな余裕もなく過ごしてしまった。

ルネは彼の想いに応えられないことを心苦しく思いながら口を開いた。

「ジスラン様、ごめんなさい。返事が遅くなってしまって……」

ジスランは冬でも色鮮やかな芝生の上をゆっくりと踏みしめながら、ルネの言葉をさえぎった。

「いいのだ。あの夜会の晩に、主席殿が現れた瞬間、きっとこうなる予感がしていた」

「ジスラン様……」

「さあ、聞かせてくれ」

ジスランは苦しそうに顔をしかめた。

「ごめんなさい。私はジスラン様の想いに応えることはできません」

いたたまれなさにルネは視線をそらした。

「ふ……。ある程度は覚悟していたつもりだったが、……やはり堪えるな」

　ジスランは己を嘲った。

「襲撃のあったあの晩、私はルネ殿を守れなかった。騎士団長だともてはやされ、すこしはできるのだといい気になっていたことを思い知らされた。女魔術師に攻撃を受けたあなたを、かばうこともできずに見ていることしかできなかった。でも、主席殿は違った。私では敵わないと思い知らされた……」

「そんなことは……」

　ルネの慰めをジスランはさえぎった。

「あのとき、ルネ殿に向けられた火球を目にした瞬間、もう間に合わないと思った。それでも動くべきだった。愛する女性一人も守れないで、なにが騎士団長だ。ルネ殿、守れなくて……本当に済まなかった」

　ジスランはルネに向かって深く頭を下げた。

「ジスラン様、いいのです。私が未熟だったのです。あなたは王を守るべき盾となる方です。王の剣である魔術師を、私を守らなかったのは正しい判断だと思います」

「そうだろうか？」

　ジスランは納得できないようだ。

「私に守ることを許さないのに、主席殿であれば許すと、そういうことか？」

「だって、ヴィルジール様は私の師匠ですから！」

「ははっ。なるほど！」

　ジスランはルネの答えに乾いた笑いを漏らした。彼女の言葉に、ジスランは彼女たちのあいだに入り込めない師弟愛以上の絆を感じた。

「どうあっても、俺では主席殿には敵わないというわけだな」

「ごめんなさい」

「この想いは忘れるべきなのだろう。だけど、今しばらく時間がほしい。忘れることができたら、また……友人になれるだろうか？」

「はい……、ジスラン様。きっと」

「ありがとう。忙しいところを邪魔して済まなかった」

「いいえ。ジスラン様も忙しいとは思いますが、ご自愛くださいね」

「ああ。ありがとう、ルネ」

　ジスランはルネの手を取ると、拒絶する暇を与えずその甲に口づけを落とした。

「ジスラン様！　ちょっと！」

「これくらいは許されるだろう？」

　茶目っ気のある笑みを見せながら、ジスランは裏庭から立ち去っていく。

「もう！」

　取り残されたルネは、大きなため息をつく。

「……ありがとうございます。ジスラン様」

　ルネは遠ざかる背中に魔術師の礼を執った。

ふと見上げた視線の先に、人影が映る。

「あれ、宰相様？」

ルネは執務室にいるはずの人物の姿に目を瞠った。

「ふふ。ちょっとした息抜きだよ。騎士団長を振るとは、君もなかなかやるね」

アンリはにんまりと笑うと、茫然と立ち尽くすルネに近づいてきた。

「あ、あの、あれは……」

「私に言い訳をする必要などない。恋する相手を選ぶ権利は誰にでもある。それが実るかどうかはわからないがね」

そう言って片目を瞑ってみせるアンリに、すこし緊張していたルネは、詰めていた息をそっと吐いた。

「すこし話をしてもいいかい？」

問いかけの形をとっているが、それは有無を言わせぬ響きを含んでいる。

アンリはうなずいたルネに向かって手を差し出した。

宰相にエスコートをさせるなんて恐れ多すぎると、ルネは引きつった笑みを浮かべて固辞する。

一向に手を取ろうとしないルネに焦れたアンリは、強引に彼女の腕を掴んで歩き始めた。

「宰相様っ！」

「一緒に庭を散策する暇くらいはあるだろう」

ルネはアンリに引きずられるようにして、政務棟の裏庭を進んでいった。

（話ってなんだろう？　私なにか失敗した？）

ルネは宰相から叱責を受けるようなことをしただろうかと、振り返ってみるが、それらしいことはまったく思いつかない。不安な気持ちのままルネはアンリのあとに続いた。

すっかり花を落としてしまった薔薇のつたが絡まるアーチの下で、アンリはようやく歩みを止め、ルネの手を離した。

「ルネ、率直に言わせてもらおう。そなたはヴィルジールの求婚を待ってほしいと言っているようだが、本当に結婚するつもりがあるのか？」

「えぇ!?　どうして、宰相様がその話をご存知なのですか？」

ヴィルジールと自分しか知らないはずの事情を聞かれ、ルネは大いにうろたえた。

「ヴィルジールはあれでも私にとってはかわいい甥だ。あの子がどんな女性を伴侶に選ぶのか、知りたいと思うのは当然のことだろう？　さあ、どうなのだ？」

「……そうですね。私が一人前になるまで待ってほしいとお願いしました。ヴィ師匠が許してくださる限り、おそばにいたいと思っています」

アンリの鋭い目つきに、ルネもまた真剣な眼差しで彼を見据えた。

「その言い方では、いずれあの子がそなたに飽きてしまうように聞こえる。あの子がそなたを弟子に迎えたときから、ずっとあの子はそなたに夢中だった。そんなに簡単に心変わりするような男ではない」

「ええ。私もそう思います。でも……」

「そんなに自分の出自が気になるかい？」

それまで厳しい表情を崩さなかったアンリは優しいまなざしでルネを見つめていた。

「私もかつて主席魔術師だったのだ。学院でのことはほとんど把握している。そなたがヴィルジールに出会う前から優秀な人材だという報告は受けていたよ」

ルネは黙ったままアンリの話の続きを待った。

「両親を失い、おそらく三歳頃、王都の孤児院に引き取られ、育つ。十歳頃に魔術の才を見出され、王立学院への入学を許された。成績は非常に優秀。四年の基礎課程を経たあと、普通なら最低二年はかかる魔術高等課程を一年で修了し、ヴィルジールの弟子となった。卒業後、王宮に席を置き、主席魔術師ヴィルジールの補佐を務め、現在に至る……と、私が知るのはこれくらいだな」

「宰相様……、そこまでご存じなのですね」

ルネはアンリの情報収集能力に賞賛のため息しか出なかった。

「正直言って、そなたの魔力は平民ではあり得ないほどだ。魔力を子供に受け継がせたいと考える貴族にとっては、かなり魅力的だ。ヴィルジール以外にも、そなたを得ようと考えている者がいることを自覚したほうがいい。あの子もそなた同様、幼くして両親を亡くしているから、私が父親代わりのようなものだ。一族の当主である私がふたりの婚姻に反対しないのだから、異議を唱える者は存在しない」

「そう……なのですか……」

ルネにとってアンリの言葉は意外なものだった。てっきりヴィルジールとの関係を非難され、引き離されるものだと思っていた。

「まあ、つまるところ、私は反対していないことを知っておいてほしかったのだよ。そなたもまだ若いし、いろいろと考えることもあるだろう。叔父としてはヴィルジールの味方をしたいところだがね」

アンリはそう言うと、にっこりと柔和な笑みを浮かべた。

「ありがとうございます。……私にとってヴィ師匠はすべてです。あの方がいなければ魔術師になることはできませんでした。魔術師であることは私が私であるための存在意義です。そして、それと同じくらい、ヴィ師匠は大切な人です。だからこそ、あの方の隣に立つに相応しい者でありたいと思います」

「あの子には別の意見がありそうだが……、ふふ、若いな」

アンリは小さくつぶやくと、ヴィルジールによく似た黒い笑みを浮かべた

「さて、時間をとらせてしまって済まなかったね。戻ろうか」

アンリは再び腕をルネに差し出した。

「はい」

今度はルネも素直にアンリの腕に掴まる。

政務棟の入り口に近づくと、アンリはルネが手にしていた書類を受け取った。

「もし、あの子の昔話が聞きたければいつでもおいで。とっておきの話をいくつもしてあげよう。さあ、行きなさい。迎えが来たようだ」

アンリが示した視線の先には、ヴィルジールの姿があった。

「ヴィ師匠！」

ルネはヴィルジールに駆け寄った。

「どこまで使いに行っている。そなたが戻らぬと仕事が捗(はかど)らぬ」

「申し訳ございません」

頭を下げたルネに構わず、ヴィルジールはアンリに話しかける。

「叔父上、失礼しますよ」

「ああ、私が無理に連れ出したのだ。あまりいじめてやるなよ」

「ルネ次第です。さあ、行くぞ」

ヴィルジールは冷たく言い放つと、ルネを魔術棟の方へと引っ張っていく。

ルネはその剣幕に口をはさむことを諦め、アンリに魔術師の礼をして、黙ってヴィルジールに続いた。

しばらく歩いて、アンリの姿が見えない場所まで来ると、ヴィルジールはようやくルネを掴まえていた腕を離した。

「叔父上となにを話していた？」

「えっと……いろいろ、です。人生について……的な」

結婚を後押しされましたとはなんだか言いづらく、ルネは言葉を濁した。

「ふん、まあいい。あの人と話したいなら今度、自宅の方に連れていく。きちんと婚約者として紹介もしたいし」

「……はい」

婚約者という言葉に、今更ながら実感が湧き上がり、ルネははにかみながらうなずく。

「そなたが誰のものなのか、はっきりさせておいた方がいいようだ。次の休みに、一緒に婚約の証を選びに行くぞ」

「はい、ヴィ師匠！」

ヴィルジールが手を差し出していた。

ルネは迷うことなくその手を取る。

ふたりは手をつないで、ゆっくりと魔術棟に向かって歩き始める。

「そういえば思い出したことがある。……初めて学院でそなたを見たとき、どんなことをしてでもそばに置きたくなった。それまで、ずっと私は弟子など取る必要などないと思っていた。だが、そなたが師匠を必要とするならば、いくらでもなろうと思った。しばらくするうちに、本当はそなたが親の愛を求めていることを知った。だが、どうしてもそれだけは与えてやれない。私がほしいのは伴侶としてのそなたの愛なのだから。それでも構わぬか？」

いつも自信にあふれた光を湛えているヴィルジールの瞳が、今は不安げに揺れている。

ルネはうなずくと口を開いた。

「私も、ずっとヴィ師匠と一緒にいたいです。ずっと師匠のうしろについていければそれでいいと思っていました。……でも、今は師匠の隣で、叶うことなら支えられるようになりたい、です」

決意を込めてヴィルジールを見つめる。

「ルネ、……好きだ！」

ヴィルジールは感極まったように叫ぶと、いきなり唇を奪った。

「ちょ、ヴィ……師匠っ！」

人気のない場所であることをいいことに、ヴィルジールは口づけを深めてくる。

「……んー、もうぅ！　だめ……ですって……ば」

ルネは拳を作ってヴィルジールの胸板をたたいてやめさせようとしたが、まったく効果がない。

ヴィルジールの舌が歯列を割って入ってくる。

ゆるりと舌を絡められて、ルネの握りしめた拳から力が抜けた。

「う……ぅん……」

唾液があふれ、ルネが喉を鳴らしてそれを飲み込んだ頃、ようやくヴィルジールはルネの唇を解放した。

途端にルネは支えを失って崩れ落ちそうになる。ヴィルジールがすかさず彼女をすくい上げた。

「……その、すまん。我慢できなかった」

「もう……」

真っ赤になりながら、涙目で見上げてくるルネに、ヴィルジールはばつが悪そうにしている。

「次の休み、約束ですからね」

「……ああ」

ヴィルジールはかすかに頬を赤く染めながら、満面の笑みでうなずいた。

〈了〉

番外編 1

聖なる夜に

叔父のたくらみ

――それはまだふたりの関係が、師弟でしかなかった頃のこと。

「ヴィ師匠！　お届け物がありましたよ～」

ふわふわとした襟のついた白いコートを身にまとったルネが、勢いよく執務室に入ってきた。頭の上にはぼわりと大きな雪のかけらがいくつか乗っている。どうやら雪が降り始めたようだ。

「ふうむ。誰からだ？」

ヴィルジールは調合中の魔術薬から目を離すことなく尋ねた。

「えっと、送り主はアンリ様とありますね」

ルネは手に抱えた大きな箱をそっとヴィルジールの机の上に置くと、コートを脱いで雪を払った。

「ああ、叔父だな」

相変わらず調合の釜から目を離さずに、ヴィルジールが答える。

「そういえば、明日は降誕祭でしたね」

ルネは頭についた雪を払いながら、コートをハンガーに吊るした。

降誕祭は一年で最も太陽の出ている時間が短くなり、一度眠りにつく冬至の次の日に行われる。再び太陽が生まれ変わり、復活することを祝うお祭りで、神殿で太陽神に祈りを捧げる奉神礼に参加したり、家族と贈り物を交換したりするのが主な内容となる。

「叔父の好きそうな蒸留酒を送っておいたらか、その礼だろう。開けてみてくれ」

ヴィルジールは釜の中身をかき混ぜながらルネに指示した。

「はい」

ルネは中身が気になっていたのか、いそいそと箱の包みを剥がしていく。

一抱えもある大きな箱を空けたルネは、首を傾げた。

「なんでしょう、これ？」

仕上げに魔術を使って出来上がった魔術薬を瓶に詰めたヴィルジールは、覗き込んでいるルネのうしろから覆いかぶさるように箱の中を覗いた。

「なんだ？」

ヴィルジールは不機嫌そうに眉根を寄せながら、贈り物が包まれていた薄い紙を剥がすと、現れた赤い服を持ち上げた。

真っ赤な服はどうやら短いローブのようで、同じく赤い色のナイトキャップも一緒に入っていた。

服のあいだからひらりと落ちたメッセージカードを拾ったヴィルジールは、文面に目を通して顔色を変えた。

すこし慌てた様子だったが、ヴィルジールはすぐに落ち着きを取り戻した。

「ただの嫌がらせだ。捨てておけ」

手にしていたメッセージカードを、魔術を使って手のひらの上で燃やしてしまった。

「ヴィ師匠、いいんですか？」

いつになく機嫌の悪い様子に、ルネは上目遣いで師匠を見上げた。

「甥をからかって遊んでいるだけだ」

ヴィルジールはそう言い捨てると、できたばかりの魔術薬の瓶を持って、執務室を出ていってしまった。

「すごくもったいないんだけど……これ」

ルネは捨てておけと指示されたローブを摘まみ上げた。

上質なローブは色こそすこし派手だが、柔らかく滑らかな手触りで、とても着心地がよさそうに見える。どうせ捨ててしまうのならば、自分がもらってしまってもいいのではないだろうか？

ルネは箱からローブとナイトキャップを取り出すと、自分が持ち帰ることにした。

それに、ヴィルジールにはこの服はずいぶん小さいように見える。

ルネは箱から取り出したローブを羽織り、キャップをかぶってみる。やはり、自分が着ても丈が余ることもないので、ヴィルジールには小さい。

(よし、部屋着が増えた！)

ルネがほくほくと笑みを浮かべていると、ヴィルジールがようやく戻ってきた。

「なっ、ルネ!?」

キャップを両手で押さえながら振り向くと、ヴィルジールが口元を手で隠しながら、目を見開いていた。

「ヴィししょー、これ、私がもらっちゃだめですか？」

「い、いや。好きにしろ」

ヴィルジールはかなりうろたえていたが、タダで部屋着をもらえたルネは無邪気に喜んでいて、気づかない。

（くそっ、ルネがかわいすぎる！　叔父上、悔しいけどありがとう！）

ヴィルジールが燃やしてしまった叔父からのメッセージカードには、こう書かれていた。

『親愛なるヘタレな甥へ
どうせ彼女は家族ではないとか言って、降誕祭の贈り物など用意していないだろう？　親切な叔父さんからの贈り物だ。きっと彼女に似合うはずだ。　アンリ』

「ルネ……、これをやろう」

ヴィルジールは先ほどできたばかりの魔術薬をルネに差し出した。

「なんですか？」

ルネはキャップを外すと、ヴィルジールの持つ瓶に顔を近寄せた。

「外も暗くなってきたようだし、そろそろいいだろう。面白いものを見せてやる」

ヴィルジールはルネを外へと誘った。

ルネは羽織っていた赤いローブを脱ぐと、コートを再び身に着けた。ヴィルジールも厚手のコートを羽織ると、ルネの手を引いて魔術棟の庭に出る。

大きな針葉樹の前でヴィルジールは立ち止まった。

「これがいいな」

「なんですか？」

「見ていろ」

ヴィルジールはルネの手を離すと、魔術薬の瓶の蓋を開けた。

杖を身体から取り出し、魔術で風を起こすと、魔術薬を針葉樹の天辺から霧状にして振りまいた。

「すぐに始まる」

ヴィルジールの魔術薬は、キラキラと光を放ち始める。

「わぁ！」

ルネが幻想的な光景に声を上げた。

暗闇の中にぼうっと針葉樹の姿が浮かび上がった。光は次々と色を変えながら、針葉樹を照らしている。

「すごいです！　ヴィ師匠！」

「ふふん。あとでこの薬の配合(レシピ)を教えてやろう」

「はい！」

興奮に頬を紅潮させ、満面の笑みを浮かべるルネの姿に、ヴィルジールは満足げにうなずいた。

（ルネが喜んでくれてよかった！　これは叔父上の贈り物よりも喜んでいるはず！）

来年の降誕祭こそ、もっと素敵な贈り物を用意することをヴィルジールは心の中で誓う。

ルネは思いがけない師匠からの贈り物を、いつまでも、いつまでも眺めていた。


〈了〉

番外編２

甘い
くちづけを
あなたに

弟子のたくらみ

「ヴィ師匠！　いいものをもらってきました！」

満面の笑みでルネが執務室に飛び込んできた。

「どうした？」

嬉しそうなルネの様子に、ヴィルジールは仕事の手を止めて、椅子から立ち上がる。

「じゃじゃ～ん！　ココの実です！」

前に差し出されたルネの両手の上には、中央が膨らんだ紡錘形(ぼうすいけい)の実が三つばかり並んでいる。

「ほう、珍しいな……。どこでこれを？」

ヴィルジールは首を傾げた。ココの実はバルト王国では栽培に適しておらず、南方の国でしか採れない貴重なものだ。

「宰相様のところへお使いに行ったら、いただきました」

「なるほど。叔父上のところか」

「うっふふ～。これで美味しいお菓子が作れます！」

上機嫌でココの実の使い道を考えているルネに、ヴィルジールは茫然とした表情で彼女を見つめた。

「ルネ、そなたまさかその貴重なココの実を、菓子などに使ってしまうつもりではないだろうな？」

「え、お菓子以外のなにを作るのでしょう？　ショコラトルにしてもいいですね」

ルネはココの実から作る温かく濃厚な飲み物を想像して、うっとりと微笑んだ。

「ココの実は媚薬の材料なのだぞ！　そもそも温暖な気候でなければ育たぬ上に、日向ではうまく成長しないので、バナーヌの木の陰などで育てなければならない。一度に多く栽培できる植物ではないので、採取できる実もわずかだ。そのうえ媚薬の原料となる素材は少ない。せっかくの機会だから作り方を教えようと思ったのだが？」

雄弁に主張するヴィルジールに、ルネは少々戸惑った。けれど、ココの実の使い道をすでに決めていたルネは、師匠の申し出を断った。

「び、媚薬……ですか。ちょっと私には必要なさそうなものですね。せっかくですが今回は遠慮いたします」

「そうか……残念だ」

「そういうことですので、業務時間が終わったら調合の釜をお借りしますね」

ルネは肩を落としているヴィルジールを放置して、仕事に取りかかった。

そうして、仕事の終わりを告げる六の鐘が鳴った。ヴィルジールを執務室から追い出したルネはココの実の調理に取りかかった。

まずはココの実を開いて種を取り出すと、釜に種を入れて煎り始める。

「えっと、これを砕いて油と粉に分離させて……と」

調合魔術を用いて煎った実の皮をむいて細かく砕くと、油分と粉に分離させた。粉はココの粉と呼ばれ、お菓子の材料として流通しているものになる。油分はココバターと呼ばれ、軟膏などの薬の材料とすることもできるが、ルネはお菓子を作るために使うつもりだった。

ココの粉に、砂糖と、ココバターを加えて釜の中で練り上げる。

「こんなものかな？」

ルネは少量の釜の中身をスプーンにとって口にした。

「ん……、あま〜い」

口の中にほろ苦さと同時に、上品な甘さが広がる。

（ヴィ師匠は美味しいって言ってくれるかな……？）

ルネはヴィルジールがこれを口にする瞬間を想像して、顔をとろけさせた。

「これで、あとは冷やして……」

ルネは釜の中身を用意しておいた容器に流し込むと、魔術で冷やし固める。

「できたぁ！」

皿の上に並べられたのはショコラと呼ばれるココの実から作られるお菓子だった。

ルネがこのお菓子を作ろうと思い立ったのは、食堂でショコラを意中の異性に贈ると仲良くなれるという噂を耳にしたからだった。

ぜひヴィルジールにショコラを贈って、もっと仲良くなりたいと考えたルネは、休日を利用して王都にあるショコラの専門店へ足を運んだ。けれど、噂はすでにかなり広まってしまっているらしく、店のショコラはすべて売り切れてしまっていた。しばらくは予約でいっぱいで、ショコラを手に入れるのは当分先のことになりそうだった。

そうして、ため息をつきながらも仕事に戻り、訪れたアンリの執務室でルネはココの実を見つけたのだ。

無造作に木箱に詰められたそれを見て、ルネは自らショコラを作ることを思いつく。

「宰相様、これってココの実ですよね？」

「ああ、それか。贈り物として頂いた物だ。私は使わないので魔術師に配ろうかと思っていたのだが……、ルネもほしいかね？」

「……はい。いただけるのであれば」

にやにやと少々意地の悪い笑みを浮かべていたアンリの表情は気になったが、ショコラの材料を手に入れることができたルネは、喜びにそれを忘れてしまった。

幸いにも作り方は本に載っていた。砕いたり、分離したりという作業は手間がかかるが、調合技術と合わせて、魔術も使うことのできるルネにとっては、それほど大変な作業ではない。

そうして手に入れたココの実から無事ショコラを作り上げたルネは、上機嫌でそれを箱に入れ、リボンで包む。

あとはこれをヴィルジールに渡すだけだ。

ルネはショコラが入った箱を大事に抱えると、一の郭にあるヴィルジールの自宅前へと魔道門（ゲート）を使って移動する。

屋敷の扉の横にあるノッカーを叩いて呼び出すと、家令のロベールがすぐに姿を現した。

「これはルネ様、主はまだ戻っていないのですが……」

「そうなんですね……、ではこれを渡していただけますか？」

ルネは手にした箱をロベールに差し出した。

ロベールは器用に片方の眉を上げた。

「ルネ様をこのまま帰しては、私が主に叱られます。きっとすぐに戻られるでしょうから、中でお待ちいただいて、直接お渡しいただけませんか？」

「えっと……、じゃあお言葉に甘えさせてもらいます」

ルネはロベールの勢いに、うなずかざるを得なかった。居間に通された彼女は、テーブルの上に箱を置いて、ソファに腰を下ろす。

ロベールが出してくれたお茶を飲みながら、ヴィルジールの帰りを待っていたが、戻ってくる気配がない。

疲れていたルネは、いつの間にかソファに座ったまま眠り込んでしまった。

「ルネ、起きろ」
ヴィルジールの声で目を覚ましたルネは、目の前にある彼の顔に一気に意識が覚醒する。

「あ、ヴィ師匠……」

ふたりが恋人となってからひと月ほど経つが、ルネはいまだに慣れることができずにいた。ヴィルジールが近づくと、心臓の鼓動がいつも早まってしまう。

「こんな場所で寝ていては風邪をひいてしまう」

「すみません……」

ルネは眠い目をこすりながら、テーブルの上の箱をヴィルジールに差し出した。

「ヴィ師匠、これを」

「ん、なんだ？」

「あの、ショコラなんです」

ヴィルジールは箱を受け取ると、リボンを外し、ショコラの粒を取り上げる。

「どうしてこれを？」

ヴィルジールは摘まみ上げたショコラをしげしげと観察していたが、やがて口にした。

「あの、これを意中の異性に贈ると仲良くなれるって聞いたので……」

「なに！」

ヴィルジールはルネの言葉に目を瞠った。

「どこでその話を？」

「城の食堂です。それより味はどうですか？　美味しくできてます？」

「美味しいと思う」

「よかった」

にっこりと笑みを浮かべるルネに、ヴィルジールは摘まみ上げたショコラを差し出した。

「ルネも食べるか？」

「えっと、……はい」

うなずいたルネに、ヴィルジールは笑みを浮かべながら近づく。彼は自分の口にショコラを放り込んだ。そのままルネの腰を引き寄せると、荒々しくルネに唇を重ねた。

「ん……ぅ」

開かされた口にとろりと溶けたショコラが押し込まれる。甘く、ほろ苦いショコラの味が、口の中に広がった。

「ん……あ」

ショコラを含んだヴィルジールの口づけは、ひたすらに甘かった。だが上質なショコラは口の中で溶け、あっという間に消えてしまう。

「甘い……な」

薄く目を開いて覗き込んだヴィルジールの瞳には情欲の炎が灯っている。

「……はい」

「ルネが聞いた噂なんだが……、たぶん叔父上の仕業だ」

「え？」

「魔術師が作り上げた媚薬でさえ、一時の快楽の手助けにしかならぬものを、ただのショコラにそんな力があるはずがないだろう」

「それはそうかもしれませんけど……」

ルネとてそんな噂話で聞いたことで、本当にそんな効果が得られるとは思っていなかった。けれど、そんなものに縋ってでも、仲良くなれたらいいなと思ったのだ。

「だが……、意外と本当なのかもしれないな」

ヴィルジールは抱きあったまま、ルネの背中にゆっくりと手を這わせた。

「え？」

「こうして……、仲良くなれただろう？」

見下ろしてくるヴィルジールの顔には、満足げな笑みが浮かんでいる。

「はい、ヴィ師匠」

再び唇を重ねてきたヴィルジールの口づけは、ショコラよりも甘い気がした。

時々、ルネがこれほど有能でなければと考えることがある。

(そうだったら、ルネを囲って、自分なしでは生きられないようにするのに……)

一方で、彼女が有能であったからこそ、手元に置くことができたのだとも言える。学院時代の友人であるシリルが、優秀な生徒であるルネを惜しんで引き合わせてくれたからこそ、彼女に出会えたのだから。

ココの実を嬉しそうに眺めているルネの姿を、ヴィルジールは目を細めて見つめた。

(今日もルネはかわいい……)

彼女がなにかを企んでいるのはわかっていた。

(もしかして……媚薬を作るつもりか?)

ヴィルジールの胸にわずかな期待が生まれる。

ココの実から作ることのできる媚薬は非常に希少で、依存性などの副作用もなく、好事家のあいだでは高値で取引されている。

(まさか、それを使って楽しもうというつもりか⁉ そんなものなくても、私は十分満足しているが、まさか、ルネは物足りないと思っているのか? 常日頃の私の頑張りが足りていないと? そんなことなら、言ってくれればもっと励む所存だ。ルネが望むなら、あんなことや、こんなことだって……。いや、落ち着け！　そもそもルネには媚薬の配合を教えていなかったはず……）

頭の中が桃色の妄想で占められてしまう前に、どうにか自制心を発揮できたヴィルジールがルネを問いただすと、やはり思い違いであったことがわかる。

「そうか……残念だ」

ヴィルジールはルネが媚薬を作りたいとは思っていないことに、予想以上に落胆した。

（まて、そんなものがなくとも満足してくれているということだと考えれば……）

にんまりとヴィルジールの口が弧を描く。

（いや、でもやはり媚薬は惜しいな。いつもより乱れたルネが見られるかもしれない。ああ……）

ヴィルジールの脳裏に、艶めかしい想像のルネの姿が次々と浮かび上がる。

ココの実の入手先が、叔父のアンリであることに思い至ったヴィルジールは、不意に立ち上がった。

（今ならまだ材料が叔父上のところに残っているはずだ！）

幸い急ぎの仕事はすべて片づいている。ルネもなんだか菓子を作るのに忙しそうだし、自分がいなくてもよいはずだと自分に言い訳をしながら、大急ぎで宰相の執務室に向かうと、果たして……。

「そなたならきっと来ると思っていた」

アンリは至極あきれた顔で、現れた甥の顔を見つめた。

「ココの実は？」

「残念ながら、たった今、最後の実が引き取られていったところだよ」

「ああ……遅かったか！」

ヴィルジールはがっくりとうなだれた。

「どうせそなたのことだから、ルネ嬢にココの実から作った媚薬を使おうと考えたのだろう？」

「放っておいてください」

ここにはもう目当ての物がないと知ったヴィルジールは、不機嫌な表情を隠そうともしなかった。

「待ちなさい。どちらにしてもこの時期にココの実は手に入らないよ」

「どういうことです？」

すぐさま踵を返そうとしていたヴィルジールは、アンリの言葉に足を止め、振り返る。

「今、王都ではショコラを異性に贈ると想いが通じるという噂が広まっている。ショコラの材料であるココの実はどこでも品薄だと、報告が上がっている」

「ならば、どうしてここにはココの実があったのです？」

ヴィルジールはじろりとアンリを睨みつけた。

「南方の友人から、大量に送られてきたのだよ。ちょっと処分に困っていたから、ちょうど噂が広まってくれて助かったよ」

得意げな笑みを浮かべるアンリの顔に、ヴィルジールはその噂を流したのは叔父本人なのだと確信する。

「それで？　哀れな甥にどのような助言を与えてくれるおつもりですか？」

当てつけを込めて問えば、アンリの笑みは深まった。

「いやなに、人生の先輩として有益な情報を与えてやろうかと。ここへ行ってみるといい」

ヴィルジールの目の前に小さな紙片が差し出された。厚手の紙には美しい文字で、なにか名前らしきものが書かれている。

「なんです？」

「行ってみればわかる」

にやにやと笑みを絶やさないアンリの表情に嫌な予感しかしない。けれど、ここで叔父の好意を無下にする方が、あとあと恐ろしい。

ヴィルジールは慎重に紙片を受け取った。その紙を裏返すと、二の郭の住所が書かれている。

「一応、礼を申し上げておきます。執務中にお邪魔しました」

「期待を裏切らないはずだ」

人の悪い笑みを浮かべているアンリに背を向けると、ヴィルジールは紙片に書かれた住所へと向かうことにする。二の郭までは簡単に魔道門（ゲート）で転移できるが、細かい住所まではわからない。

ヴィルジールは通りの名前と、住所を見比べながらどうにか目的の場所にたどり着いて愕然（がくぜん）とした。

（ど、どういうことだ……？）

明らかに女性向けだと思われる店構えに、ヴィルジールの足が止まる。店先の窓に展示してある商品から判断する限りは、女性ものの衣料を取り扱っている店舗に見える。

ヴィルジールは住所が間違っているのではないかと、もう一度紙片に視線を落とした。

看板に書かれた店の名前と一致している。やはり、この店で間違いないようだ。

（まあ、入ってみるしかないか……）

もし店に行かなかったと叔父に知られれば、あとでいろいろと問いただされ、からかわれるに違いない。女性向けの店に足を踏み入れる戸惑いと、叔父の追及から逃れる手間を天秤にかけたヴィルジールは、店の扉に手をかけた。

「いらっしゃいませ」

扉を開けたとたんに、柔らかな女性の声がヴィルジールを出迎えた。ルネとそう変わらない年齢の女性が柔和な笑みを浮かべて近づいてくる。

店内を見渡したヴィルジールは、改めて場違いだという思いを強くする。客はヴィルジールひとりきりで、ほかに姿は見えないのが救いだった。とても自分が求めていた物などありそうもない。

「なにかお探しですか？」

突っ立ったまま、動こうとしないヴィルジールに、女性は怪訝な視線を向けていた。

「あ、いや、その……」

店員はヴィルジールの手にしている紙片に気づいて、警戒していた表情を緩めた。

「どちらかで紹介されていらしたのでしょう？」

「そうだ。叔父のアンリに」

「まあ、アンリ様のご紹介なのですね」

喜々とした表情を浮かべる店員に疑念が募る。

（叔父上、あなたはいったいこの店でなにを買っているのです！）

ふと目を止めた服がどこかで見たことがあることに気づく。降誕祭のときに叔父から贈られたローブはルネの愛用品となっている。

（そうか！　この店の物だったのだな……）

ようやく叔父とこの店の関係がわかったところで、ヴィルジールは店員に相談を持ちかけた。

「その……恋人に、なにか贈り物をしようと思っている」

恋人という言葉を口にした途端、ルネのことを思い出したヴィルジールの顔はたちまち緩んだ。

「なるほど。愛しい方に特別な贈り物をなさりたいということですね」

我が意を得たり、と店員はしきりにうなずいている。

「でしたら、このようなものはいかがでしょう？」

店員が示したのは店の一角に飾られた繊細な意匠の寝間着だった。はた目にも透かし模様の美しいレースがふんだんに使われ、非常に上質なものであることがうかがえる。

「うーん」

きっとこれを贈ってもルネは喜んでくれるだろうが、どこかしっくりこない。

（それに、ココの実の媚薬の代わりにするにはいささか刺激が足りない気がする）

そんなものをあの叔父が勧めてくるはずがない。きっとなにかほかに思惑があるはずだった。

「では……、こちらへどうぞ」

店員は秘密めいた笑みを浮かべると、店の奥へとヴィルジールを誘った。

簡単なカーテンで仕切られたそこには、更に繊細な意匠の下着などが並んでいる。

中でもヴィルジールの目を引いたのは、太ももの半ばほどまである長靴下と、それを止めておく靴下止めの組み合わせだった。

（これは……！）

「この靴下止めは四本の紐で吊り下げて留めるようになっています」

店員は丁寧に使い方を説明している。

（これをルネが身に着けたら……、いかん！）

ルネがこの白い長靴下と靴下止めだけを身に着けているところが容易に想像できたヴィルジールは、その情景に身体の芯からそろりと熱が灯るのを感じた。平静を装って、店員が勧めてきた長靴下を手に取る。

それは滑らかで、ルネの柔らかな肌を思い起こさせた。

「これをもらおう」

ヴィルジールは即決した。

「ふふ、きっと恋人さんにもご満足いただけると思いますよ。それでは、贈り物用にお包みいたしましょうか？」

店員の申し出をありがたく受け取って、綺麗に包まれた袋を手に、ヴィルジールは自宅へと戻ることにする。残念ながらこの贈り物をルネに手渡すのは明日になってしまうだろう。これを受け取った彼女がどんな顔をするだろうかと、想像するだけで楽しい。

いつもよりすこし遅い時間に帰宅した主を、家令は非難がましい目つきで出迎えた。

「ずっとルネ様が待っておられましたよ？」

ロベールからルネが自分の帰宅を待っていたことを知らされたヴィルジールは、驚きに目を瞠りながらも、思ったよりも早く彼女に会えることに喜んだ。

「どこだ？」

「居間にお通ししました。先ほど様子をうかがったときには、眠そうにしていらっしゃいました」

「わかった」

ヴィルジールはロベールを下がらせると、足早に居間に向かった。いつもならばすぐに出迎えてくれるはずのルネの姿がない。ソファに近づくと、埋まるようにして眠る彼女の姿があった。

「ルネ？」

声をかけてみるが、彼女からの返答はない。

テーブルの上に置かれた箱からはかすかに甘い匂いがした。ヴィルジールがソファに横たわる彼女の横に手を突くと、夜色の髪がさらりと滑り落ち、箱と同じ甘い匂いが立ち上る。

(きっと叔父上の策略に踊らされて、ココの実からショコラを作っていたのだろう……。とっくに想いが通じているはずなのに、まだ不安なのだろうか？)

ヴィルジールはそっとルネの髪に唇を寄せた。

「ルネ、愛している」

彼女が目覚めているときには、面と向かって言うのが気恥ずかしいくせに、こうして眠っていればなんのためらいもなく愛の言葉を口にできる。

　こんなところが彼女を不安にさせているのかもしれない。そう思うと、ヴィルジールは自分の不甲斐無さに苛立った。

　ふと、肌寒さを感じて、このままではルネが風邪をひいてしまうことに気づく。

(やはり私には思いやりが足りない)

　こみ上げる苛立ちをなんとか抑えつけて、ヴィルジールはルネに声をかけた。

「起きろ」

　寝起きでもそもそと目をこする彼女のしぐさに、ささくれ立っていたヴィルジールの心はたちまち癒され、苛立ちが治まっていく。

　案の定、彼女から手渡された箱の中身はショコラだった。期待を込めて見つめてくる彼女の姿に、愛しさがこみ上げる。

(ああ、なんといじらしい！)

　ヴィルジールは思わず彼女を抱き寄せていた。彼女が作ったショコラを口移しで分け合うと、そのお菓子の甘さよりも、彼女のとろけるような吐息の方が甘く感じられる。

「甘い……な」

　彼女のなにもかもが愛しくてたまらなかった。

　夢中になって口づけを交わしていると、欲望は高まる一方で、治まりそうもない。このままこの場所で愛を交わすのはさすがにはばかられたヴィルジールは、ルネを抱き上げて寝室に運ぼうとして、足元で聞こえたかさりとした音に気づいた。

(肝心のものを忘れるところだった)

ヴィルジールは足元に落ちた包みを拾い上げると、ルネを抱き上げる。すぐに彼女の腕が首のうしろに回されたのを感じながら、寝室に駆け込んだ。とても寝台のある場所まで待ちきれなかった。

部屋に入るとすぐに彼女を床の上に降ろし、寝室の扉に寄りかからせて、その唇を塞ぐ。

「本当に、甘い」

ヴィルジールは欲望のままに彼女の口内をむさぼった。いくども角度を変え、舌を絡めあうと、互いの境界線がわからなくなってしまいそうなほど、溶けていくような、そんな錯覚に襲われる。

「ししょう……」

ルネの声はとろりと甘く、ヴィルジールの耳に響いた。

「渡したいものがある」

ヴィルジールは先ほど購入したばかりの包みを差し出した。

欲望に色を濃くした、月の色をしたルネの瞳が驚きに見開かれる。

「なんでしょう？」

「開けてみてくれ」

丁寧に包みを剥がしたルネは、中から現れた品物に目を丸くしている。けれど、その表情に嫌悪感がなかったことにヴィルジールは安堵した。

「きっとそなたに似合うはず。私に着けさせてくれぬか？」

「ええ⁉　ヴィ師匠が、着けるのですか？」

「だめか？」

見上げたルネの顔は真っ赤になっている。ためらいがちにうなずくのを見たヴィルジールは、にやりと笑った。

「ローブを脱いで」

ルネは顔を真っ赤にしながら、恥ずかしそうに視線を下に向けた。それでもゆるゆると動いた手が、ローブのボタンをはずし始めた。

その姿をヴィルジールは食い入るように見つめた。すこしずつあらわになっていく白い肌に、ごくりとつばを飲み込む。

彼女の手から長靴下と靴下止めを受け取ったヴィルジールは、まず彼女の腰に繊細なレース編みの靴下止めをぐるりと巻きつける。

彼女の白い肌に、白いレースは非常に映える。その美しさに、ヴィルジールの胸は高鳴り、下腹部は熱くうずいた。

次に、同じく白の長靴下を手に取る。それは絹でできているらしく、とても滑らかだ。

「足を上げて」

ヴィルジールは彼女の前にひざまずいて、履きやすいように縮めた長靴下を、差し出された彼女のつま先にゆっくりとかぶせた。

「……っ」

頭上で彼女の息を呑む気配がして、ヴィルジールは顔を上げた。陶然としつつも、快楽をこらえるようなすこし苦しそうな彼女の表情に、愉悦がこみ上げる。

そのままゆっくりとふくらはぎから太ももにかけて靴下を滑らせ、すべてを履かせ終えると、靴下止めから伸びた紐で固定する。紐が下履きの下を通るようにくぐらせると、ルネはびくりと身体を震わせた。

もう一方の足にも同様に長靴下を履かせ終えたヴィルジールは、その美しい光景に思わず彼女の太ももの、長靴下と下履きのあいだの肌の部分に口づけた。

「ああ……ん」

ルネはその感覚に耐えきれず、かすかな声を漏らした。

(素晴らしい。小さなくるぶしも、きゅっとしまった足首も、形のいいふくらはぎも、細すぎないもっちりとした太ももも、この下履きと靴下のあいだに見える肌も、なにもかもが最高だ！)

ヴィルジールはこの組み合わせを勧めてくれた店員に、改めて心の中で感謝を送りながら、ルネの太ももに舌を這わせた。

下着越しにもわかるほど、彼女のその部分は濡れている。

「っやぁ、ヴィ……！」

ルネの手が思わず、といったふうに頭を掴んできた。震える指で快楽をこらえている姿が、たまらなくそそる。柔らかな太ももに挟まれていると、ずっとこのままでもいい気がしてくる。

「きれいだ……。よく似合ってる」

わざと彼女の羞恥心を煽るようにつぶやくと、予想通りの反応が返ってきてほくそ笑む。

「あぁ……、だめっ……」

彼女の指先に力がこもるのがわかる。けれど、これではまだ足りないのだ。

(もっと……ルネがどうしようもなくなってしまうほど、とろける姿が見たい！)

ヴィルジールは脚をなぞっていた手を動かした。ゆっくりと脚を這いあがり、長靴下のへりを越え、直接肌をなぞる。そして更にその奥の部分へと差しかかる。

下着の縫い目の部分を無理やりずらしてあらわにすると、ためらうことなくその場所に口づけた。

「っひ、あ……、やめて、そんな場所！」

ルネは衝撃に目を大きく見開き、がくがくと身体を震わせながら扉にもたれかかった。

舌先に感じるほのかな塩味と、絶えることのないぬめりに、ヴィルジールの欲望は張り詰める。

「すごく濡れている。気持ちがよいのだろう？」

「そんなこと……聞かないで……」

見上げた彼女の顔は今にも消え入りそうなほど、羞恥に染まっている。そのルネの姿が、愛おしく胸を締めつける。

ヴィルジールは夢中になって彼女の秘裂に舌を這わせた。

蕾を探り当て、ふっくらと膨らむまで舌の上で転がし、快楽を煽る。

「っふぁ、あぁ、……ん」

次第に彼女の声が高くなっていく。つま先まで張り詰めていて、限界はもうすぐそこまで来てい

る。

ヴィルジールは立ち上がると、ぐったりと扉に身体を預ける彼女を抱きしめた。蜜壺に指を沈め、先ほどまで舌で愛撫していた場所を、今度は指で丹念にほぐしていく。

「ルネ……」

耳元でそっと彼女の名をささやくと、彼女の内部がヴィルジールの指を締めつけてくる。

「っはあ、っはあ、あ、」

彼女の呼吸は乱れ、瞳は熱望に潤んでいる。その瞳は、この先にある快楽の極みを期待し、揺れていた。

「一度イっておくか?」

ヴィルジールは返事を待たずに内部に沈めた指を激しく動かした。

「っあ、ああ、だめっ……」

「だめじゃないだろう?」

強すぎる刺激に耐えていたルネの瞳がわずかに開いた。

「やだ、一緒がいいっ」

子どもがいやいやをするように、首を左右に振るルネに、ヴィルジールの自制心が吹き飛ぶ。

「わかった。すまぬが、脱がせてやる余裕がない」

ヴィルジールはかき混ぜていた蜜壺からゆっくりと長い指を引き抜き、彼女の下着だけを器用に脱がせると、自分のローブをはだけさせた。

扉のすぐ脇にあったチェストの上に彼女を座らせ、自分は立ったままの姿勢で彼女の蜜壺に己の剛直をあてがうと、ゆっくりと貫いていく。

「ん、ああーっ！」

ルネの中は、たとえようもないほど柔らかで、温かく、ヴィルジールを包み込んでくれる。

「……っは」

すぐに果ててしまいそうなほどの心地よさに、ヴィルジールは思わずうめいた。

ルネは白い長靴下に包まれた脚を持ち上げると、腰のうしろに回して、がっちりと彼の腰を掴んだ。

「ルネっ、ちょっと、まて。動かすな」

思いがけない彼女の痴態に、思わず果ててしまいそうになったヴィルジールは慌てた。

(これはやばい。入ってすぐに暴発などしたら、もう立ち直れない……)

大きく息をついて呼吸を落ち着けると、なんとか波をやり過ごす。

「ヴィ？」

怪訝そうなルネの表情が目に入った。

「ふ、なんでもない」

(あまりにもルネの中がよすぎて、危うく持っていかれるところだったとは、言えんな)

ヴィルジールは苦い笑みを口の端に刻むと、力強く腰を動かし始めた。

「ああーっ」

ルネは背中を反り返らせつつ、背筋を駆け上がった快楽に身体を震わせる。

「っふあぁぁん。やあーっ、だめぇ……」

がつがつと腰を振るたびに、ルネの喉から漏れるあえかな声が、ヴィルジールを更に駆り立てた。

「ふうっ、……っく、っはぁ」

「ルネ、気持ちよいか？」

「きもち……い……」

ふたりとも荒い呼吸を繰り返しながら、徐々に頂へと向かって熱を増していく。

（媚薬などなくとも、こんな色っぽいルネの姿だけで、十分おかしくなりそうだ……）

あまりの気持ちよさに、ほとんどなにも考えられなくなりながら、ヴィルジールは腰を突き上げた。

「あ、もうっ、だ……めっ」

不意にルネの切羽詰まった声が耳元で聞こえた。ヴィルジールはここぞとばかりに腰を力強く動かした。彼女が感じる部分をこすり上げながら、自らの限界も近いことを感じ取る。

「イけ。私も限界だっ」

ルネに強く腰を打ちつけると、内部がぎゅっと収縮し、ヴィルジールの楔を締め上げた。彼女の脚にも力が張り詰め、ぶるぶると震えている。背中をしならせ、悦楽に顔を歪ませていた。

「――っああッ！」

うねるような締めつけに、彼女が達したことを知ったヴィルジールは、ようやく己の欲望を解放した。

　どくどくと彼女の中に白濁を注ぎ込みながら、ヴィルジールは唇を触れ合わせた。

（死んでもいいくらい、気持ちいい）

　そっと唇を触れ合わせるだけのキスが、たまらなく気持ちよかった。

　まつ毛の先に涙をつけた彼女の月色の瞳に見つめられ、たった今放出したばかりの欲望が、再び張り詰めていくのをまざまざと感じた。

「ルネ……すまん。治まりそうにない」

「え、あ、ちょっと、ヴィ？」

　うろたえるルネの表情がかわいくてならない。

　ヴィルジールはつながりを解くと、彼女を抱き上げて寝台へ運んだ。

　寝台の上に腰を下ろすと、彼女の身体を引き寄せる。もう一度大きく育ってしまったそこに彼女をまたがらせ、楔の上に腰を下ろすように告げた。

「無理ぃ、できない」

「上手だ。ほら……」

　ヴィルジールは彼女の腰を掴んで、ゆっくりと剛直を飲み込ませていく。頬を真っ赤に染め、潤んだ瞳で見つめてくる姿が愛しくてたまらない。

　すっかり楔を飲み込んで、最奥までたどり着くと、ヴィルジールはルネを抱きしめながら、キスを交わした。

「ん……っふ」

ルネの舌に自らの舌を絡ませ、なぶる。脇腹のあたりをはさみつけてくる脚のさらりとした長靴下の感触を楽しみつつ、彼女の身体を揺さぶった。

「っや、もう、無理っ」

「大丈夫だ。まだイける」

涙目になっているルネをなんとかなだめすかして、ヴィルジールは思う存分突き上げる。

「っやあっ、むりぃ……」

「ルネ、かわいい……!」

ヴィルジールは夢中で腰を振り続けた。

明け方まで恋人を責め立てたヴィルジールは、そのあと、すっかり機嫌を損ねてしまった恋人に平身低頭で謝る破目になった。

「すまん」

「もうこの靴下は使いません!」

どのみちいろいろな体液で汚れたそれは、使い物になりそうもなかった。

すっかり抱きつぶされたルネは、自力では寝台から出られず、なにをするにもヴィルジールの手を借りなければならなかった。

ルネは頬を赤く染め、怒りにまなじりをつり上げて、ぷりぷりと怒っている。

(怒っている表情も、かわいくてたまらない！)

「そのようなことを言わずに、な？」

ヴィルジールはルネが見せた、かつてない艶姿にすっかり魅了されたていた。

(長靴下はなかなかよかった。今度はなにを贈ろうか？　もう一度あの店に行けばいい物が見つかるだろう)

にんまりと浮かびそうになる笑みをなんとか噛み殺して、ルネの機嫌を直そうと、殊勝な顔つきを作る。しかし、それは成功しているとは言い難かった。

「もう、やです！」

「ほら、これも食べろ」

つん、と顔を背けるルネの口元に、ヴィルジールはスプーンを差し出した。

寝台の上から動くことができないルネに、ヴィルジールは甲斐甲斐しく世話を焼いている。ロベールに運ばせた食事をスプーンにのせ、せっせとルネの口へ運ぶ。

「こんなことで、誤魔化されませんからね！」

そう言いつつも、ヴィルジールの手からデザートの果物を口にするルネの機嫌は、すこしずつではあるが、上向いている。

「わかっている」

ルネは怒っていても、その怒りはそれほど長く持続しない。それは彼女のよいところの一つだ。

「次に贈り物をするときは、もうすこし考えてから贈ることにする」

「私が怒っていたのはそういうことじゃありません！」

（ほら、もう怒ってない。そんなに簡単に私を許すと、つけ込まれるぞ？　そんなところも愛しいが……な）

こうして彼女がすべてを自分の手にゆだねてくれると、えも言われぬ満足感がこみ上げる。この気持ちが幸せだということなのかもしれない。

「ルネ、愛している」

「もうっ、いいです……！」

ルネはそれ以上の抗議を諦め、仕方がないという風に目を細めると、ヴィルジールの首のうしろに手を回して引き寄せた。

「私もです」

ルネはそうつぶやくと、ヴィルジールに唇を重ねた。

「愛してます。ヴィ師匠……」

世界は平和に満ちている。

〈了〉

暁の魔術師は月に酔う

2016年7月3日　初版第１刷発行

著　　者　文月 蓮　©REN FUMIZUKI 2016
装　　画　成瀬山吹
発 行 人　立山昭彦
発 行 所　株式会社ハーパーコリンズ・ジャパン
東京都千代田区外神田3-16-8
電話　03-5295-8091（営業）
0570-008091（読者サービス係）
http://angelicanovels.jp
印刷・製本　大日本印刷株式会社

定価はカバーに表示してあります。

造本には十分注意しておりますが、乱丁（ページ順序の間違い）・落丁（本文の一部抜け落ち）がありました場合は、お取替えいたします。ご面倒ですが、購入された書店名を明記のうえ、小社読者サービス係宛にお送りください。送料小社負担にてお取り替えいたします。但し、古書店で購入したものについてはお取り替えできません。なお、文書、デザイン等も含めた本書の一部あるいは全部を無断で複写複製することは禁じられています。

※本書は「ムーンライトノベルズ」（http://mnlt.syosetu.com/）に掲載されていたものを改稿の上書籍化したものです。

※この作品はフィクションであり、実在の人物・団体・事件等とは関係ありません。
Ⓡと TM がついているものは株式会社ハーパーコリンズ・ジャパンの登録商標です。

Printed in Japan ©K.K. HarperCollins Japan 2016
ISBN978-4-596-76611-3 C0093

恋と魔法のTL×ファンタジー！

アンジェリカ

とけない魔法の恋をあげる♥

大好評発売中！

人質王子とユゼフ×俺様皇太子ニコラウス

俺は必ず王子を手に入れる

「百合と薔薇
～オレ様王子と偽りの姫～」

著者：白金あろは　原案：ヤマダマヤ　イラスト：yos

ISBN978-4-596-76610-6　定価：1,200円＋税

恋と魔法のTL×ファンタジー！

アンジェリカ創刊!!

とけない魔法の恋をあげる♥

大好評発売中！

魔法とお菓子の可愛い異世界♥

俺の従者だ。お前にくれてやるつもりはない！

「報酬はチョコレートで」

著者：紺野十子
イラスト：なな
ISBN978-4-596-76608-3
定価：1,200円+税